KB198976

보혈, 여호와 라파

-그 길을 걸으며

이귀현 시집

열린서원

●

시인의 말

    나는 그동안 삶을 살아오면서 내 삶의 길보다는 이웃을 사랑하며 오른손이 한 일을 왼손이 모르게 살아야 한다는 마음과 생각으로 말씀을 생각하며 살았다. 나 자신을 혹사했다는 생각을 하면서 아프고 난 후로 나 자신을 너무나 사랑하지 못하였고 가족을 더 사랑하지 못하였다는 생각을 알게 되었다. 암을 수술하고 나서 남은 시간은 나를 돌아 보아야 한다고 생각하면서 그동안 나를 돌봐 주신 주님의 사랑에 감사하며 주님을 향하여 기도하던 마음을 남기고 싶었습니다.

    이제 나의 시간이 얼마 남았는지 모른다. 주님이 철저히 주님 앞에 나를 다듬고 갖추며 살아야 한다는 신호를 보내신 것 같다. 그동안 받았던 주님 사랑을 감사하면서 준비하려 한다. 내가 알게 된 주님은 사랑이었고 얼마나 우리를 사랑하시며 우리가 행복하기를 간절하게 바라시는 것을 알았다. 그런 주님을 알게 되면서 어떤 역경 속에서도 주님을 떠날 수 없었다. 하나님을 사랑하고 주님을 사랑하고 나 자신을 소중하게 아끼며 이웃을 내 몸같이 사랑할 수 있었다. 예수님 은혜로 나는 찬양할 수 있었고 감사할 수 있었고 용서할 수 있었고 인내하며 지나올 수 있었다. 기도문을 쓰지 않고 지나갈 수 없었다. 기도문을 남길 수 있었던 일을 감사하면서 세상에서 나에게 가장 큰 복은 예수 그리스도를 만나게 된 것이다. 나에게 힘이 되었고 위로가 되었고 어려움 속에서도 좌절하지 않고 날마다 새 힘으로 일어설 수 있었던 것은 주의 은혜였다. 나는 고백한다. 큰 사랑을 받아서 기록한다고 했지만, 그 사랑을 다 표현하지 못하여 아쉬움이 남는다.

남편을 통하여 주님을 알게 되었고 딸을 통하여 주님을 만나 주님 사랑을 알게 되었다. 기도문을 남기게 된 것은 아들의 적극적인 도움이 있었기 때문이다. '박신배 교수님'의 도움을 감사드립니다. '은유 최성대 교수님', '김헌수 목사님', '노희원 교수님', '박요한 교수님', '이명권 박사님' '표중실 전도자님', 책 제목 제자를 멋있게 써주신 송대용 전도자님께도 감사드립니다. '한홍수 화백님'과 열린서원 출판사 CEO의 도움을 감사드립니다. 국내외에서 나를 위하여 눈물로 기도드려주신 목사님, 수많은 지인과 성도님들에게 감사드립니다. 기도문을 남길 수 있었던 일을 감사하면서 부족한 이 글을 읽으신 분들은 예수님 사랑을 받으며 평안할 수 있기를 나는 간절히 원하면서 인사를 갈무리하려 합니다.

●

추천사 1

제로 중도 존

절벽은 언덕
꽃 향기로

겨울은 예봄
늘 봄의 도약으로

중독의 고통은
선택–집중으로 승화

눌림의 억압은
창조적 파괴
날개 누림으로

갈등의 심화는
반전 변곡점의 활강

Zero 미들 Zone
치유 평온의 샬롬이여

하늘 시집 출판을
함께 축하드립니다

2024. 10. 30. 안양 나무숲에서
은유 최성대 시인(기독학술원, 겟세마네신학교 시편학)

추천사 2

아름다운 시집을 만나게 될 때 우리는 무한한 기쁨과 행복을 느끼게 된다. 이 시는 바로 감동의 시집이라는 사실을 알게 된다. 이 시집에서는 감사가 있고 감동이 있고 눈물이 있고 독자의 이야기가 있고 찬양과 천국의 소망이 열린다. 참 시는 무엇일까. 바로 이귀현 시인처럼 아름다운 시어로 보혈을 그린 것이 아닐까. 한 편의 시를 읽을 때 감동이 있고 눈물이 있고 감사와 찬양으로 가는 회개의 삶이 있다. 이귀현 시인의 시를 보면 성경 속의 보배를 발견하는 듯 내 마음의 정화의 길이 보인다. 이 세상 삶의 천로역정의 길이 있고 천성으로 가는 바른 길 안내가 있다. 곧 살아온 날의 흔적이 이 시에서 신앙과 기도, 고백과 감사가 있고, 하나님의 제단 위에 바쳐진 시인의 삶이 있다. 시인의 역경의 삶이 우리들 모두의 옳은 안내길이 되고 있다.

시의 표제는 『보혈, 여호와 라파』이다. 부제는 "그 길을 걸으며"라고 말한다. 그리고 암 투병의 상황에서 원망이나 불평이 아닌, 전 시집의 제목을 한마디로 행복한 사람이라고 밝힌다. 이 시집 구성은 치밀하고 아름다운 교향곡의 드라마를 보듯 대작품임을 알게 한다. 제1부 『믿음』, '여호와는 사랑이라'라는 시는 24계에 맞추어 시작(詩作)한다. 제2부 『소망』, '영원한 아버지 사랑', 제3부 『사랑』, '사랑의 약속', 제4부 『성령』, '성령의 인도하심' 제5부 『인도』, '천상을 향하여'로 구성된다.

이귀현 시인의 「새벽길」이라는 시를 보면 찬송가의 시처럼 천상 노래의 한 편의 아가(雅歌)서의 대목을 보게 된다. 또 생명의 말씀이 있는 성경의 의미를 되새기게 하며 불신자가 이 시집을 대할 때 생명의 신비를 알고 싶어서 성경을 보게 하는 기제(機濟)가 되게 한다.

새벽길

소리 없이 떨어지는 순백의 꽃이여
꽃대도 없이 눈부시게 피어나
무리 구름 꽃잎처럼 떨어져 내린다

소복이 쌓인 함박눈 꽃길에서
흔적만 남기고 사라져간 꽃잎은
생명줄 뿌리에 생기가 되는
그 님만 아는 생명의 비밀
그 님 사랑 향하여 걸어가는 길

하얀 믿음 활짝 피어
스치는 곳마다 꽃 같은 천사처럼
그분 사랑 향기 전하고 싶어서

목화송이처럼 내린 새벽 숫눈길
사랑의 마음들이 모인 새벽예배 향하여
새벽길을 기도하며 걸어가고 있다

✞ 하나님께 가까이함이 내게 복이라 내가 주 여호와를 나의 피난처로 삼아 주의 모든 행사를 전파하리이다(시 73:28).

이처럼 이 시는 생명과 평화, 희망과 천국, 은혜와 믿음을 가지게 한다. 이 시집을 통해 독자들이 예수와 십자가, 그리스도와 천국의 소망을 가지는 계기가 되길 바란다. 한편 한국 보혈 문학의 새지평이 열리고 또 모두에게 소망의 길이 열리기를 바라며 이 시집이 크게 한국 교회와 세계 성도들에게 읽히기를 바라며, 추천의 글에 갈음한다.

2024. 9. 19. 봉제산 연구실
박신배(강서대 전총장, 현 구약 교수, 보혈문학회 고문)

추천사 3

　종교개혁 507주년인 지난 10월 31일 홍대앞 '부르신 교회'에서 <미우라 아야코의 길 따라>(권요섭 목사) <가을밤 작가와의 북 토크 콘서트>가 있었다. 추천사 서두에 <빙점>의 작가인 미우라 아야코를 언급하는 것은 이귀현 시인이 병고로 투병하면서 빚어낸 감동의 시편이 미우라 아야코의 그것과 다르지 않기 때문이라는 생각에서이다.

　미우라 아야코(1922~1999)는 젊은 시절 폐결핵에 이어 척추결핵, 연이은 13년간의 투병 생활을 하였다. 그녀가 투병 중에 만난 하나님은 특별했다. 그것은 <사랑>이었고, <기적>이었다. 누워서 용변을 받아내야 했던 그녀는 훗날 남편이 된 미우라 미츠요의 끊임없는 기다림과 격려에 힘입어 자리에서 일어났다. 그 후에도 그녀는 평생을 온갖 질병과 싸워야 했다. 끊임없는 병으로 삼십 몇 킬로그램 밖에 안 나가던 그녀는 하나님이 자신에게 질병을 주신 것은 "자신을 편애하기 때문이다"라고 했다. "병 중의 삶은 마치 보석이 박혀 있는 산과 같다"

고 했다. 병고 속에서 그녀는 하나님을 만났고, 기적을 체험했고, 하나님의 사랑과 생명의 소중함을 깨달았다. 그녀가 만난 특별하신 그분으로 인해 그녀의 위대한 문학은 탄생했다.

이귀현 시인의 시집 추천사를 쓰면서 필자는 문학을 비롯한 모든 예술 창작의 시발점이나 강력한 동력은 어디에서 비롯되는가를 생각해보았다. 하나는 "삶의 전 존재를 흔드는 진한 아픔과 고뇌에서 시작된다"라고 말하고 싶다. 병고가 그중의 하나이다. 투병 속에 있을 때 사람은 죽음에 대한 인식과 더불어 자신의 삶을 되돌아보며 새로운 삶을 살고자 하는 강한 의욕이 일어나면서 글쓰기를 하게 된다는 사실이다. 그런 의미에서 병고는 고통 속에 깃든 변장하고 찾아온 하나님의 축복이 아닐 수 없다.

또 하나는 "그 누군가를 사랑하게 되면 시인이 된다"는 말이 있듯이 사랑의 감격과 충격이 글쓰기를 하는 동인이 된다는 사실이다. 그 사랑의 대상이 자연이든, 연인이든, 하나님이든 대상과 만남이 감격과 충격으로 다가왔을 때 모든 사람은 그야말로 시인이 된다. 필자가 이 말을 하는 것은 이것이 필자의 경험이기도 하지만, 이귀현 시인이야말로 이 두 가지 사실에 대한 확실한 증거라는 생각이 들어서이다. 그녀는 암 투병이라는 질고와 더불어 주님을 만난 그 사랑의 감격과 충격이 그녀를 진솔한 시인이 되게 했다고 믿는다. 그런 의미에서 이귀현 시인은 하늘의 특별한 축복을 받은 시인이 아닐 수 없다.

이귀현 시인의 이 시집은 5부로 엮어져 있다. 믿음, 소망, 사랑, 구원, 천국이 그것이다. 이러한 제하(題下)와 구성은 마치 모세오경이나 구약의 시편을 연상케 한다. 그뿐만 아니라 존 번연(1628-1688)의 「천로역정」(Pilgrim's Progress)처럼 그녀는 그리스도인으로서 자신이 걷는 길이 순례자의 여정임을 노래하고 있다.

미우라 아야코 문학이 그러하듯 이 시집은 순례자의 길을 가면서 주님을 만났던 그 감격을 아름다운 시어로 빚어내고 있다. 그 시어는 숨겨둔 연인에 대한 절절한 사랑고백이자 신앙고백이기도 하다. 그러면서 자신이 살아온 그동안의 삶을 참회하면서 용서를 구하며 영원한 나라 천국에서의 구원의 삶을 동경하고 있다.

"너는 흙이니 흙으로 돌아갈 것이니라"(창 3:19)라는 성경 말씀은 자연과 인생에 대한 가장 확실한 진리를 담고 있다고 필자는 믿는다. 자연에 사계(四界)가 있듯이 인생에도 사계(四界)가 있다. 봄부터 가을까지 예쁘고 화려하고 풍성한 계절이 지나면 모든 것을 내려놓는 겨울이 오듯이, 모든 인간은 탄생에서 시작하여 중년과 노년을 지나 죽음이라는 겨울을 맞이하게 된다. 이 같은 자연과 인생의 이치를 터득한 달관한 사람처럼 마지막을 '한 편의 시처럼 살다가는 멋지고 예쁘고 아름다운 인생'이기를 바라면서 이귀현 시인의 시집 출간을 박수로 축하하고 싶다.

2024년 11월을 시작하는 첫날에
박요한(『내영혼의 알료샤』 저자)

추천사 4

사랑을 글로 표현하면 시가 되고
입으로 표현하면 노래가 되고
마음으로 표현하면 행복이 되죠.

또 그 마음을 눈으로 표현하면 빛이 되고
손으로 표현하면 섬김이 되고
발로 표현하면 승리가 되죠.

십자가의 깊은 사랑을 보여주셨고
부활의 찬란한 영광을 찾게 하셨고
영원한 생명을 누리게 하셨습니다.

이 모든 것들을 모았기에 참 아름답고
그래서 목마름의 모든 사람에게 사랑을 전하고
행복을 나누고 있기에 자랑스럽습니다.

하나의 시를 만들기 위하여 주님은 준비시켰고

멋진 인생을 만들기 위한 아픔이 있었지만
그것까지도 아름다운 삶의 작품이 되고 있습니다.

당신의 고백을 담은 한 권의 시집은 아주 귀하고
소중한 생명의 소망을 느끼게 하고
그렇기에 이귀현 님은 더욱 아름답고 존귀하십니다.

응원의 박수갈채를 보내며 축하합니다.
주 안에서 사랑하며 축복합니다.
하나님께서 영광 받으십니다.

2024. 10. 31. 하나님의 꿈을 향하는 목양실에서
김헌수(투헤븐 선교회 대표, 꿈너머꿈교회 담임,
웨스터민스터 교단 총회)

추천사 5

신은 태초에 토후바 보후 호쉐크, 혼돈과 깊음 그리고 깊은 절망을 질료로 천지를 창조하신다. 인간은 누구나 죽음의 문턱에서 씨름하며 그 문턱에 더 가까이 갈수록 인간의 고뇌는 더 깊어진다. 이런 암흑물질과도 같은 절망을 질료로 혼돈과 깊음 속에서 빛이 있으라 하시니 새로운 깨달음의 서광이 도래한다.

'태초에'라는 말은 인간의 육으로 말하자면 마지막에, '최후에'라는 말과 같은 혼돈과 깊음과 암흑의 절망이다. 그러나 유일하게 믿는 자에게만 이러한 최후에는 한 처음에 태초에로 바뀌게 되는 것이다.

예루살렘에서 있었던 예수의 십자가상에서의 '엘리엘리 라마 사박타니'라는 절망의 절규는 로마의 십자가 상에서의 바울과 베드로의 부르짖음이 되었고 새남터에서 흘러내린 선혈의 부르짖음으로 한국교회의 탄생으로 부활된다. 유한한 시공간의 부르짖음은 영원한 생명의 절규와 부르짖음으로 부활하는 것이다.

영원한 부활의 상징인 예수의 부르짖음은 그보다 2천 년 전에 살았던 시공간적으로 유한했던 다윗의 부르짖음과 유사하다. 그 유한했던 몸에서 생명의 부활로 새롭게 탄생한다. 시22; 마27:46절에서 다윗 자신이 낳고 기른 자식 압살롬이 권력욕으로 아버지를 거스르니 이는 몸의 병마처럼 다윗 자신을 어렵게 하며 사지로 몰아넣고 있다. 그 때에 부르짖는 믿음의 절규는 결국 음부의 골짜기의 질곡에서 내려가라는 것이다. 다윗은 믿음으로 몸의 운명을 넘어 결국 생명의 승리로 부활하게 한다. 그러나 이런 납득이 안가는 십자가상의 부르짖음은 십자가 상의 파라독스로서 믿음의 백성들 공통의 메시아인 예수의 부르짖으므로 보편화 된다. 자신의 충절을 위해 몸을 바치는 충신처럼 인간의 의지는 인간의 숙명을 딛고 승리하는 것이다.

처형의 순간을 눈앞에 두고 왔던 본회퍼가 그의 마지막 순간을 앞두고 새로운 의미를 발견했다고 하는 시 22편에서 보면 한 인생의 아이러니는 새로운 생명으로 이렇게 변화 선상의 육신들처럼 두려움에서 영광의 빛으로, 사지로 내몰림을 당하고 있던 망자에서 왕자로 변화되고 있다.

내 하나님 내 하나님 어찌하여 나를 버리시나이까? 어찌 나를 멀리하여 돕지 아니하시며 내 신음을 듣지 아니하시나이까? 내 하나님이여 내가 낮에도 부르짖고 밤에도 잠잠치 아니하오나 응답치 아니하시나이다 ~ 6. 나는 벌레요 사람이 아니라 사람의 비방거리요 백성들의 조롱거리이니이다. ~ 8. 그가 여호와께 의탁하니 구원하실 걸, 그를 기뻐하니 건지실 걸 하나이다. 9. 오직 주께서 모태에서 나오게 하시고 내 어머니의 젖을 먹을 때에 의지하게 하셨나이다. 10. 내가 날 때부터 주께 맡긴 바 되었고 모태에서 나올 때부터 주는 나의 하나님이 되셨나이다(시편 22:1,2,6,7,8,9,10).

오늘 이러한 아이러니와 새로운 생명의 탄생은 이제 이귀현 시인에 의해서 이 시집을 통해 면면히 새롭게 노래 되고 있다. 이는 마치 일생을 고대하며 자신을 바쳐 온 "큰 바위 얼굴"의 주인공 어니스트가 그의 마지막 생명이 빗기고 있는 석양과 함께 종말을 고하면서 절망의 눈물에 젖어 있을 때 사람들은 외친다. 성화 한 큰 바위 얼굴을 보라! 결국 온전한 믿음과 기다림으로 자신을 바쳐 온 한 인생이 자신의 얼굴을 큰 바위 얼굴로 변화시켜 버리고 만 것이다.

이제 이귀현 시인의 승리 믿음은 이 시집을 통해서 글

자 한자 한자마다, 시구 한 구절 한 구절마다, 시집 한편 전체를 통해 성육화 되어 나타난다. 이런 어둠과 절망의 질곡 속에서 새로운 깨달음과 새로운 생명으로 찬란하게 태어나, 읽는 이의 가슴 가슴마다 예수의 새로운 부활생명으로 넘쳐나 패배와 절망을 승리의 생명으로 변화시켜 버리고 마는 것이다. 그리고 그 노래는 영원한 예수 생명의 일부가 되어 이런, 세상 질곡 속을 걸으면서 이 시구들에 터치되는 생명의 가슴속을 새로운 생명으로 잉태시키고 역사해 나갈 것을 믿어 의심치 않는다.

이러한 인간의 버림 속에 나타나는 인간의 승리는 신명 속에 나타난다. 새로운 삶을 시작하기 전에 모세는 "당신이라고 하는 정신, 신명은 무엇인가?"라고 묻는다. 이때 그의 안에 있던 신은 말한다. I AM WHO I AM, ECHEH ASHER ECHEH, "나는 나다." 풀어 말하면 "나는 내 속에 있는 나다."이다. 마이클 잭슨의 Ben 이라는 노래에 I and Me, 즉, "나는"과 "나를"이 친구가 되는 장면이 나타난다. 바울이 "오호라!"라고 오열한 것처럼 내가 나를 어찌할 수 없던 상태에서 믿음으로 내가 나를 승리하는 것이다. 즉 예수가 "네 믿음이 너를 구했다!"라고 선포한 것처럼 나의 믿음 안에 역사하시는 신이 "나를"이라는 목적어로 신체를 이기고 승리하는 것이다.

Passing Ceremony 즉 통과의례라고 불리는 음부의 골짜기를 지나서만 진정한 생명의 탄생은 이루어지는 것인가? 산모가 체험하는 산파의 아픔처럼 온전히 산 제물로 바쳐지지 않고는 새로운 생명은 태어나지 않는 것인가? 이러한 엄청난 질곡 속에서 새로운 생명의 탄생과 부활이 태어난다.

바이올린의 가장 아름다운 선율은 끊어지기 직전까지 당겨진 긴장 속에서 터져 나온다. 현재의 혼돈과 깊음과 절망의 어둠 속을 몸으로 체험하면서 이귀현 시인이 읊어내고 있는 시구 한 구절 한 구절, 시 한 편 한 편마다 이런 승리와 부활 생명이 어떻게 가능한지가 보인다. 곧 산화해 버릴 것 같은 아침 이슬처럼 시집 천체를 통해 영롱한 빛을 발하고 있다.

노희원(전 연세대 구약 교수, 충청도 천안 CBMC 회장)

추천사 6

　시인 이귀현은 '질고와 고통'이라는 인생의 커다란 문제를 '믿음'으로 극복해 가는 처절하지만 순수한 신앙고백의 시를 선보인다. 이는 '영원한 아버지의 사랑'이라는 첫 시에서부터 잘 드러나고 있다. 이른바 '십자가의 사랑'은 고통과 고난을 넘어 영원한 생명에 이르게하는 '보혈의 사랑'으로 고귀하게 승화된다.

　이러한 보혈의 공로는 저자인 시인에게 순종의 미덕을 배우게 한다. 이 같은 순종의 믿음은 끝내 사망의 권세마저 극복하고 주님 영광의 나라를 바라보게 한다. 이같은 신앙의 노래는 한편의 찬양 시가 되고 고난과 죽음의 요단강을 지나 '거룩한 성'에 이르게 한다.

　이러한 일련의 시들은 모두 임마누엘 하나님에 대한절대적 신앙의 산물이다. "세상 눈물 골짜기, 가시밭 같은 길을 걷다가 지치고 쓰러져도 나를 붙드는 주님이 계시니 연약하여 넘어져도 다시 세우실 주님이 계시니 두렵지 않아요." 하는 시적 고백에서도 잘 드러나고 있다.

시인의 시 속에는 자신의 허물도 진술하게 고백하는 순전함과 '가야 할 길'을 몰라 방황하면서도 기도를 놓지 않으며, 말씀의 빛을 따라 살기를 간구하는 겸허한 자세는 물질문명 사회 속의 신앙인들에게 귀감이 되고 있다. 주님에 대한 절대적인 신앙의 시들은 한 줄 한 줄 모두 은혜와 감사와 사랑을 연결된다.

그 가운데서도 '영생을 주신 사랑'은 '여호와 삼마', '여호와 살롬', '여호와 닛시'라는 고백에서 절정을 이룬다. 이로써 고통의 십자가는 하나의 '꽃'으로 승화되고, '보혈의 강'은 평화로운 나라에 이르게 되는 뗏목이 된다. 그리하여 시인에게 '슬픔과 고통'은 영원한 아버지의 품에서 '영원한' 보상을 받는다. 이것이 시인이 고백하는 '믿음'의 실상으로 얻어지는 '소망'과 '사랑'의 결실이 된다.

주님의 은혜와 사랑의 노래를 체험적 시로 읊은 실존적 고백의 시를 저자는 누에의 실타래처럼 풀어 놓았다. 이제 그 고운 비단옷은 독자가 지어 입을 차례다. 고난 속에서도 생명의 빛을 찾아가는 구도자이자 천성을 향하여 나아가는 아름다운 영혼의 순례길을 이 한 편 한 편의 시에서 맛보게 될 것이다.

이명권(열린서원 대표)

추천사 7

주 안에서 그분의 은혜와 사랑으로 살아가는 사람, 그 은혜와 사랑에 감격하여 기도와 찬송과 말씀에 의지하여 살아가는 사람, 그 고백이 시가 되어 시를 살아가는 사람의 삶이 이 시집에 아름답게 표현되고 있다.

이귀현 시인은 인생의 괴로움과 아픔, 또한 병으로 인한 몸부림 속에서도 하나님께 자신을 맡기며 주님의 은혜와 긍휼과 평강을 바라는 그 깊은 영혼의 신앙으로 우리 모두에게 울림을 주고 있다.

아, 이 세상 살면서 인생 고통과 고난을 겪어보지 않는 사람이 누구인가! 하지만 이 시인은 삶의 눈물을 귀하디 귀한 진주로 다시 빚어내며 자신의 전 존재를 복된 시가 되게 하고 있다.

이 시집을 읽어나가는 당신은 누구인가? 인생의 위대함은 무엇이라 생각하는가? 세상 만국의 영광을 다 준다 해도 그것을 하나님과 바꾸지 않고 묵묵히 십자가의 길을 가신 예수 그리스도의 정신이 아닌가?

그러한 하늘의 참사람 참 하나님을 찬양하며 아버지

께 영광 돌리는 이 시인의 마음이 곧 주님의 마음을 품은 것이 아니겠는가?

인생의 고난은 연단을, 연단은 소망을 이룬다는 말씀처럼 우리 믿는 자들은 바로 그러한 길을 가고 있다.

이 시인의 귀한 시집을 읽으며 생각하며 나는 예수, 그 이름의 비밀을 알고 추구하고 싶어서 하나님의 나라와 그 의를 먼저 구하는 모든 이에게 권하고 싶다.

표중실 전도자('평택 그리스도의 교회' 담임)

●

목차

24

2부 『소망』
영원한 아버지 사랑

4부 『성령』

성령의 인도하심

5부 『인도』
천상을 향하여

1부 『믿음』

여호와는 사랑이라

여호와는 사랑이라

하나님은 멋있고 아름답게 완성하신 에덴에서
아담을 존귀하고 보배로운 하나님 모습으로 빚으셨
어요
여호와는 생명의 생기를 주시며 약속을 주셨어요
아담의 갈비로 아름다운 배필을 만드시고
외롭지 않게 행복한 평안을 누리게 하셨어요

평안하고 행복한 아담은 아름다운 배필을 사랑하여
하나님과 약속을 잊어버리고 배필이 원하는 것을
허락하여 실낙원에서 죄를 짓게 되었어요
존귀한 모습이 상실되어 어둠에 끌려
행복의 동산에서 하나님과 멀어져 갈 때
하나님은 아담을 부르시며
아담아 네가 지금 어디에 있느냐
찾으시고 잘못을 물으시며
여자에게 네가 왜 따먹었느냐?
여자를 꾀어 하나님 말씀에서 떠나게 한

뱀을 저주하시며 하나님은 아담과 하와를
에덴에서 내보내시며 그룹들에 두루 도는 불 칼을
두어
생명나무 길을 지키게 하셨어요

아담과 하와의 실낙원은 슬픔이 되어
오늘 우리 삶에서 반복되고 있어요
하지만 은혜로 가죽옷을 입히시는 것은
하나님이 회복해 주실 것을
약속하시는 사랑의 증표였어요

세상도 여호와의 영역

아담은 하나님과 약속을 버린 죄로
평생을 노동하고 수고하여 먹으라 하시고
아내는 임신의 고통을 받게 하셨어요

땅은 가시덤불과 엉겅퀴가 자라고 밭의 채소를
땀 흘려 수고한 소산을 먹으며 살다가
너는 흙이니 흙으로 돌아갈 것이라 하셨어요

아담이 아내 이름을 하와라 불렀을 때
하나님은 가죽옷을 지어
아담과 하와에게 입히시고
에덴에서 그들을 내보내실 때
하나님 마음은 얼마나 애잔하셨을까요?

여호와의 영역은 오늘도 이곳에서 계속되며
수고하고 땀 흘려야 하고 해산의 고통을 지나야 해요

성삼위 하나님께 감사

자비하신 하나님 은혜를 송축해요
노하기를 더디 하시고 긍휼을 베푸신
끝없는 은혜를 주신 사랑의 아버지여

십자가 위에서 흘리신 예수님 보혈이
그 사랑으로 영혼을 구원하셨어요
성령님 오셔서 우리와 함께 하신 은혜여
영혼을 지키시며 신원하신 은혜 감사해요

허락하신 하루하루를 감사하면서
하늘 새 노래로 찬송을 드리며
만왕의 왕 여호와 사랑을 기리며
성 삼위 나의 하나님 아버지 앞에
영원히 감사 찬송 드립니다
성 삼위 하나님 영광 받으소서

택한 자녀 위한 사랑

하나님 인자하심으로 긍휼을 베풀어
아담의 자손 셋의 후예를 선택하시고
믿음의 조상 아브라함의 후손 예수가
동정녀 마리아를 통하여 임마누엘 하시고
십자가 위에서 구원을 이루어 주셨어요

여호와가 부르신 자녀 위하여 십자가 위에서
다 이루었다,
근심하지 말고 두려워하지 말아라 말씀하셨어요

하나님을 사랑하고 서로 사랑하여라
너희 기쁨을 빼앗을 자가 없으리라 기뻐하여라
성령의 은혜로 우리는 주님 앞에 기쁨으로 노래해요

번개가 동에서 서까지 번쩍임같이
우리 주님 세상 다시 오실 때
"사랑하는 여수룬아!" 부르시며

택한 자녀 다 찾아 구원하시리라
택함 받은 우리는 그 사랑 감격하며
영원히 감사 찬양 드리게 하십니다

영원한 아버지 사랑

하나님 아들을 보내 주신 그 큰 사랑
주님의 몸과 혼과 생명으로 사랑하신
만민의 주가 되신 나의 예수님
당신의 사랑은 너무도 크셔라

하늘 아버지가 부르신 자녀들 위하여
예수님이 받으신 채찍의 고난으로
우리의 어두운 멍에가 사라지게 하시고

예수님이 쓰신 가시관으로
우리 생각의 어둠이 떠나게 하시며
우리에게 생명의 면류관을 예비해 주셨네

당신이 못 박힌 손과 발, 흐르는 보혈은
우리로 주님 뜻을 따라 걸으며
손을 펴서 섬기며 나누라 하시는 말씀대로 살라 하
신다

당신의 옆구리에 창으로 찔려서 흐르는 보혈처럼
내 마음에 오셔서 주님 사랑의 향기를 풍겨내면서
따뜻한 마음으로 서로 사랑하며 평안하라 하시네

당신의 물과 피 생명을 주시고 영혼을 사랑하신 주님
내 영혼이 주님 그 사랑을 감사하면서 찬양합니다

✠ 여호와는 위대하시니 극진히 찬양할 것이요 모든 신
들 보다 경외할 것임이여(시 96:4).

영원한 예수님 사랑

하나님은 그 아들을 보내시어
십자가에서 당신의 온 몸과 귀한 생명으로
어둠에 잡혀 있는 생명을 찾으시고 사랑하셨네

하나님이 택한 자녀 위하여 화목 제물이 되실 때
어둠 속에 눌려 있는 영혼을 위해
자신의 몸과 생명을 값으로 내어주시고
거룩한 몸으로 다시 살아나셔서
사랑의 등불이 되셨네

하늘나라를 알려 주시고 하나님 아버지를 알려 주
셔서
우리는 하늘나라를 알았고 하나님 사랑을 알았어요
당신의 귀한 물과 피, 생명으로 어둠을 벗기신 주님
영혼들 사랑하시고 살리신 주님 사랑이여

살아계신 주님은 지금도 세상을 바라보시며

"하나님 사랑을 기억하고 하나님을 사랑하여라"
"주님이 주는 평안으로 감사하며 기뻐하여라"
말씀 하시네요
하나님이 베푸시는 영생 복락을 누리며
우리에게 강건하기를 원하고 계시네요

☦ 사람이 친구를 위하여 자기 목숨을 버리면 이보다 더 큰 사랑이 없나니(요 15:13).

주 예수 그리스도와 함께

하나님 사랑을 온 몸과 마음에 가득 품고
영생을 주시려고 화목 제물 되실 때
한 방울도 남김없이 흘리신 주님 보혈의 은혜여

한 계단 한 발짝씩 골고다에 오르실 때
흥건한 붉은 선혈이 꽃잎처럼 떨어지고
올라가신 사랑의 언덕길에
주님은 한마디 말도 없이 내어주신 사랑
십자가 뜨거운 사랑이 흘러내려요
내 마음에 흥건히 젖어들어요

주님이 말씀하시기를 너희 허물을
흰 눈같이 씻었으니, 마음에 근심하지 말아라
슬퍼 말아라, 하나님을 믿고 나를 믿으라 하시네
감사하며 기뻐하여라 너의 원수를 사랑하여라
사랑하는 자녀야 사랑하는 내 자녀들아
내가 너희를 사랑하노라

주님 사랑의 품 안에 내 영혼 있으니
내 영과 육이 주 예수 그리스도의 은혜로 살면서
세상 풍파 속에 있어도 평안한 맘 주시고
세상 고난이 우리를 흔들어도
주가 주신 사랑으로 사랑 하면서
주님 은혜로 일어서게 하소서

주님이 말씀 하시기를
내가 곧 길이요 진리요 생명이니
나를 믿는 너희는 존귀한 하나님 자녀라
너희를 조성하신 만유의 주가 너희를 사랑해
너희를 위하여 거처를 예비하여
내게로 영접하고 나 있는 곳에 너희도 있게 하리라

천지의 주인이신 내 생명 살리신 주님
사랑의 주 예수 그리스도 향기가
백합꽃 향기보다 더 향기로워

내 마음에 영원한 향기로 피어나소서
세상을 다스리며 생사를 주관하신
전능한 구세주 앞에 우리는 영원히
감사 찬양드리기 원합니다 할렐루야!
골고다 언덕길, 기억하게 하소서

영혼을 사랑하는 마음 가득 품고
가시관 쓰고 어깨에 십자가 지고
한 계단, 한 계단 오르신 발자국마다
선혈 자국 남기고 걸어 오르신 골고다 언덕길
갈보리 주님, 그 사랑 기억하게 하소서

주님 사랑으로 지나온 수 십 년
나의 남은 숨결 멈추는 순간까지
구주 예수 십자가 사랑의 향기가
꽃향기처럼 은혜의 향기, 풍겨나기 원해요

✞ 하나님이 세상을 이처럼 사랑하사 독생자를 주셨으니 이는 그를 믿는 자마다 멸망하지 않고 영생을 얻게 하려 하심이라(요 3:16).

예수 그리스도 앞에

주님, 영생하는 생명을 주시려고
십자가에서 떨어지는 꽃잎처럼
주님, 붉은 보혈의 사랑 앞에

무엇이든지 주의 이름으로 구하면
하나님이 이루어 주신다 약속하신 말씀대로
감사함으로 믿으며 소원을 구하니 이루어 주소서

주님 구원의 홀을 들어 나를 오라 하소서
내가 기쁨으로 주님 앞으로 나아가리다
주님의 말씀 따라 믿음으로 나아가리니
성령의 열매 맺는 삶을 살 수 있기를 원해요

✙ 너희가 내 안에 거하고 내 말이 너희 안에 거하면 무엇
이든지 원하는 대로 구하라 그리하면 이루리라(요 15:7).

주님 그 사랑

어둠에 잡힌 영혼, 그 결박 푸시려고
십자가의 잔을 받고 보혈 흘릴 때
해는 빛을 잃고 하늘 문이 열렸네

주님은 하늘 문을 여시고 아버지는
우리 영혼을 받으신 그 사랑에 감사드려요
님이 나에게 내리신 잔이라면
겸손히 따를 수 있기 원합니다

십자가에 흘리신 주님 보혈로
주님 사랑 안에 은혜로
나에게 내리신 어떤 잔이라도
신실하게 따를 수 있는 믿음 주소서

사랑의 주님

십자가 사랑의 보혈로 어둠에서 건지시고
주님 말씀 빛으로 우리를 인도하시며
거룩한 영광의 옷자락으로 덮어 주시네

나의 생명, 영원한 주인이 되셔서
십자가 사랑 노래 부르게 하시며
불같은 시험, 구름 날개로 나를 가리시고
어둠에서 주님 빛으로 나가게 하소서

생명의 광명을 찾게 하여 주시고
하늘 양식, 풍성하게 채워 주시며
인자하신 사랑의 주님 앞에서
찬양의 기도 드릴 수 있도록
하늘 양식, 빛의 양식 충만하게 주소서

내 영혼이 즐거이 주님을 향하여
사랑의 주님 은혜로, 찬양을 드리며
영과 진리로 찬양 예배드리게 하소서

영원한 찬양

영원한 생명을 주신 나의 주님
살아계신 나의 구주 예수
예수 그리스도는 영혼을 살리시고
구원을 천대까지 베푸시는 사랑의 왕 구세주

사망 권세를 이기시고 천국 권세를 주신 주님
어느 곳에서도 주님 얼굴 피할 곳 없어
주님을 향해 나아가니 날개 아래 품어주소서

보혈의 길을 지나 밝게 빛난
주님 영광의 나라, 그 집에서
승리하신 예수 그리스도 앞에
구세주를 영원히 찬양하게 하소서

✞ 나는 부활이요 생명이니(요 11:25). 나를 사랑하고 내
계명을 지키는 자에게 천 대까지 은혜를 베푸느니라(출 20:6).

나를 지으신 여호와

천지의 주인 여호와, 나를 조성하신 분
세상 만물을 말씀으로 지으신 창조주가 되셔요

나를 모태에서 특별한 작품으로 지으시고
세상에 보내 주셨어요

모태에서부터 나를 특별히 지명하여 부르시고
오늘도 인도하신 주님은 내 이름을 기억하시며
어둠 속에 있는 나를 세밀하게 찾으셨어요

인도하시는 나의 주님은 그 크신 사랑 안에서
나를 은혜로 품으시고 인도하여 주시네요

주님과 함께

주님께서 말씀 하시네요
"인내하여라 내가 너를 사랑하고
보배롭고 존귀하게 여기며 너와 함께 가리니
거룩한 성까지 가자" 하시네요

내가 만난 주님은
사랑이었고 평안이었어요
님의 발자취 따라 나는 가리니
주님이 예비하신 평화로운 그 성까지 가리라
주님이 함께 하시니 두렴 없어요
요단강 건너가는 길 지나는 동안 인도하여 주시리니
나는 기뻐요

✢ 네가 내 눈에 보배롭고 존귀하며 내가 너를 사랑하였
은즉(사 43:4).

나는 주 예수를 믿네

세상 죄를 지고 가신 어린양 주 예수 그리스도
주홍 같은 죄, 진홍같이 붉은 죄 보혈로 씻겨 주시고
내 영혼 어둠 속에서 주님의 밝은 빛을 보았고
긍휼과 자비로 인도하시는 주님을 알았어요

세상 눈물 골짜기, 가시밭 같은 길을 걷다가
지쳐서 쓰러져도 나와 함께 하실 주님이 있으니
연약하여 넘어져도 다시 세우실 주님 믿으며
갈 길 몰라 막막해도 나를 인도하실 주님이 아시오니
온 세상 다스리는 주님 품에 내가 있어
나는 두렵지 않아요

말씀으로 확신 주시고 성령으로 인도하시는
주님 그 사랑으로 붙드시는 주님을 믿사오니
생명을 주시며 사랑과 긍휼을 베푸신 은혜로
세상 지나가는 동안 나를 인도하여 주소서

주님 은혜 안에서 할렐루야 부르며

근심 많은 이 세상 길에 서 있어도

주님이 주시는 평안의 길로 걷게 하소서

나의 허물

원수를 사랑하라 하신 주님
나를 사랑하는 사람도 사랑하지 못하고
일일이 입 맞추며 표현할 수 없어
눈을 마주 보며 입 맞추고 싶지 않아서
무관심해 버리는 허물이 나에게 있습니다

원수까지 사랑하라 하셨는데
나를 사랑하는 사람도 사랑하지 못하고 있는
허물을 용서하여 주소서 주님

예수 그리스도처럼 스데반처럼
포용할 수 있는 바다 같이 넓고 깊은 마음으로
성령이 함께하시며 기도할 수 있는
내 마음으로 다스려 주소서

성령이 함께 하시는 내 마음으로 채워 주소서
어둠에 넘어졌던 지난날도 보혈로 씻어 주소서

✝ 나는 너희에게 이르노니 너희 원수를 사랑하며 너희를 박해하는 자를 위하여 기도하라(마 5:44).

가야 할 길 몰라요

제 생각이 어두워 갈 길을 모릅니다
어디로 가야 할지 어찌하면 좋을지

가야 할 길이 어두워 보이지 않아요
하나님 제가 가야 할 길 비추어 주소서

주님 빛으로 가야 할 길 비추어 주사
내 생명 주님 사랑과 빛 안에서
빛나는 밝은 곳으로 걸어가게 하소서

두려움 없고 슬픔의 눈물이 없는 곳
아무도 함께 갈 수 없는 이 순례의 길에서
홀로 걸을 때 어두운 영이 엄습 못 하게
권능의 주님 날개로 품어주소서

간구합니다

주님 나의 눈을 뜨게 하소서
주님 나에게 지혜를 주소서
가야 할 길 모르고 헤맬 때
말씀의 빛을 가득 비추어 주사
은혜의 길을 향하여 걷게 하소서

주님이 얼마나 나를 사랑하시는지
어떻게 사랑하고 계시는지 알게 하소서
낮에는 해가 뜨고 밤에는 별이 빛나듯
날마다 주님 말씀 빛을 비추어 주소서

마음속에 살아계셔서 항상 비추어 주시고
어두운 복병이 찾아와 에덴의 담을 넘으려 해도
주님 사랑을 기억하며 기도하게 하시고
완전한 길로 나가도록 은혜로 인도하여 주소서

사랑의 하나님

주님 뜻대로 사랑하지 못한
나를 불쌍히 여겨 주시고 품어주소서
온전한 사랑을 알고 사랑하게 하소서
사랑하는 주님이여
주님의 마음 나에게도 주소서

눈을 열어 천국을 알게 하시고
지각을 열어 주님 뜻, 깨닫게 하여 주셔서
주님 사랑의 마음으로 준행하면서
영혼을 사랑하는 마음으로 사랑하게 하소서

슬픔과 눈물 골짜기 지나는 세상 길을
나 혼자 걸어온 줄 알았는데
주님 함께하시며 여기까지 동행하여 주셨어요

어디서 무얼 하든지 주님이 지키시며
항상 동행하시고 인도하시는
사랑의 주님은 나의 하나님이 되십니다

성경은 보물창고

성경은 우리 삶 속에 우리 발의 등불이요
필요한 지혜가 들어있는 보물창고에요

보물을 파내도 다 파내지 못하는
진귀한 보물들이 가득 쌓여 있어요

사자 굴에서 다니엘을 지키시는 하나님
모세 지팡이로 많은 기적을 행하셨지요
보물창고 이야기는 오늘도 가능해요

세상에 있는 모든 것은 전능자의 뜻을
나타내는 도구로 오늘도 사용하시죠

주님은 우리 짐을 지고 갈보리 언덕 오르시고
우리를 위하여 주님은 다시 살아나셨어요

그 주님 사랑을 믿는 자는 생명이 살아나고
영원한 삶, 영생의 길을 향하여 나가게 하십니다

예배 안의 천국

주님 이름으로 모인 성전에는
천사들이 함께 모여 예배드리는 곳이에요

주님 이름으로 모여 찬양하는 형제자매들
세상에 있는 즐겁고 평안한 온실처럼
주님이 지키고 있으니 기쁘고 즐거운 곳이에요
마음속에 어둠이 들어오지 못하게 지켜 주시죠

바다 풍랑과 사망 권세도 주님께 순종하시니
온 세상 다스리고 계신 주님이 계셔서
언제나 우리를 지켜 주시니 감사해요

나 홀로 험한 이 길을 걸어가는 것 같아도
눈동자처럼 품어주신 주님 은혜 안에서
나비처럼 춤추고 새처럼 노래하며
꽃처럼 아름답게 성 삼위 하나님께 찬양하며
주님께 영광 드리는 예배를 오늘도 드려요

영생을 주신 사랑

영생을 주신 사랑의 하나님,
가장 좋은 것을 값없이 주셨네
생명이 살아가는 데 필요한 것들을 공급하시는 주님
엿새 동안 창조하신 하늘과 땅, 물속의 생물들까지
사랑하시며 모든 생사화복을 주관하시는 주님

햇살 아래 기류 속
숨 쉬는 산소로 심장이 뛰게 하시고
달빛이 내리고 반짝이는 별빛이 흐르는 유성
백향목 향기에 춤추는 나비 노래하는 새들
헤아릴 수 없이 필요한 것들을 만들어 주시고
사랑하고 다스리며 함께 어울리는 아름다운 지구
하나님을 사랑하며 서로 사랑하라 하시네

아름다운 지구 푸른 별을 타고 우주 속을 날면서
하나님을 기억하라고 준비해 주셨네요
사랑하는 여수룬아 부르시며

아브라함에게 준비한
모리아 산, 번제단에
여호와 이레, 제물로 예비하신
놀라운 하나님 사랑

아침 이슬같이 굴뚝에서 날아가는 연기같이
주를 믿는 나의 허물을 사라지게 하시고

밝은 영으로 의의 옷을 입히시고
여호와 은혜로 값없이 영생을 주시며

여호와 삼마, 여호와가 거기에 거하시네
여호와 살롬, 여호와가 평안을 베푸시며
여호와 닛시, 여호와가 승리로 이기게 하시네
주 사랑 감사의 향기로 할렐루야 찬양드리나이다

✞ 영생은 곧 유일하신 참 하나님과 그가 보내신 자
예수 그리스도를 아는 것이니이다(요 17:3).

십자가의 꽃

생명 길을 비추시는 주의 밝은 빛이
걸음 걸음 은혜의 길로 인도하시네
십자가 위에서 붉게 핀 꽃 한 송이

사랑의 빛으로 세상을 밝히시며
생명의 꽃이 되신 거룩한 주님이여
영광 영광, 만왕의 왕 앞에
그 영광을 주님께 드려요

부활의 시들지 않는 생명의 꽃이 되어
영원히 시들지 않는 십자가의 꽃으로
신실한 마음 열어 피어나게 하소서

삶의 일상마다 사랑의 꽃이 피어나도록
십자가 향기 풍겨 내는 한 송이 꽃으로
생명의 붉은 십자가 꽃 아래 피어나기를 원하네

✠ 하나님을 사랑하는 것과 또 이웃을 자기 자신과 같이 사랑하는 것이 전체로 드리는 모든 번제물과 기타 제물보다 나으니이다(막 12:33).

주님 나라로

찬란한 곳 예수 그리스도의 성에서
수많은 성도 임마누엘 찬양하며
주 앞에 찬양으로 우리 함께 주님을
찬송하는 예루살렘 도성에서

보혈의 강을 건너 평화로운 나라
믿는 자만 들어가는 그곳에서
구원받은 성도들 주를 찬송하겠네

하루를 천년같이 기다린 주님
긴 세월 기다리는 주님 은혜 깨닫네
놀라운 은혜를 나는 이제 알았네
황금빛 찬란한 영광의 나라에
평화가 넘치는 그곳 내가 들어가겠네
모든 성도 함께 영원히 길이 살겠네

나의 고향 밝은 곳에서 기다리신

주님 영광의 나라 거룩한 그 성에
생명수 마시며 그곳에 길이 살겠네
주님 은혜로 영원한 그 나라에서
주님 앞에 거룩한 자녀가 되어
영광을 드리며 나는 길이 살겠네

저 밝은 하늘 천사 인도 따라
황금길 걸어서 주님이 계신 곳
그 성에 내 영혼, 사랑으로 인도하시는
영원하고 평화로운 맑고 밝은 성에서

주님 나라 천국에서 나는 살겠네
주님 계신 나라에서 길이 살겠네

✠ 그 성곽은 벽옥으로 쌓였고 그 성은 정금인데 맑은 유
리 같더라(계 21:18).

2부 『소망』

영원한 아버지 사랑

그림 | 한홍수(HANhongsu), 결1(Gyeol), 227.3x181.8cm.oil on canvas,2021

영원한 아버지 품으로

어두운 밤 별빛은 찬란하게 빛나고
새벽 여명에 샛별은 더욱 빛난다
비파야 수금아, 일어나라
주님께 새벽 찬양 드리자

새벽 날개로 주를 향해 날아오르자
여호와 영광이 밝아오는 새벽빛같이
땅을 적시는 단비같이 임하시고
보좌에서 함께 하시리라

새벽에 주님 무덤을 찾은
막달라 마리아 같이 주님을 사모하며
오실 주님을 맞이할 새날을 준비하자
새벽 샛별처럼 주님을 기다리자

슬픔과 고통을 넘어 날아올라 넘게 하시고
두려움은 떠나고 어둠이 사라져

이 세상 내 시간이 끝날 날까지 함께하시며
주님, 영광의 나라로 들어갈 때까지

끝없는 사랑으로 인도하시리니
기름과 등불 준비하고 부르시는 날에
주님 나라 향하여 날아 올라가
구원하신 주님께 감사 찬양을 드리며
영원한 나의 아바 아버지 앞에 서리라

주님 은혜로

하나님 사랑으로 인도하시니
나는 일어나 따라 가렵니다

불같은 시험으로 마음 심히 아프고
영혼 매우 갈하나 하나님 생명의 강가에서
사랑과 은혜의 말씀으로 소망을 주시고
믿음을 주시며 붙들어 주시니 감사하므로
나는 일어나 걸어가렵니다

광야의 한 마리 올빼미 같고
지붕 위에 한 마리 참새 같이 외롭지만
세상 고통이 밀려와 외롭고 아파도
주님 사랑이 함께 하여 주시니
나는 일어나 걸어갑니다

환난의 벽이 가로막아도
주님이 위로해 주시고 세워 주시니

주님 사랑의 권능 힘입어
이 어둠의 벽을 뛰어넘어
나는 일어나 걸어가렵니다

폭풍 속에서도 걷게 하시고
환난과 슬픔, 괴로움이 나를 엄습하여 닥쳐도
주님 사랑이 내게 넘쳐흘러
성령이 나를 더 큰 나로 세우시니
나는 일어나 걸어갈 수 있습니다

세상은 내 영혼을 지치게 하여도
내가 다시 일어설 수 있는 것은
성령이 나를 지키며 치료해 주신 까닭에요
더욱 충만한 성령 안에서 그 사랑에 순종하며
말씀 따라 걸어갈 수 있습니다

✢ 나는 광야의 올빼미 같고 황폐한 곳의 부엉이 같이
되었사오며 내가 밤을 새우니 지붕 위의 외로운 참새 같
으니이다(시 102:6~7).

사랑의 예수님

주님! 나를 십자가 보혈로 깨끗이 씻어
생명수 흐르는 주님 계신 곳으로 인도하소서

왕의 왕, 그 보좌를 향하여 나갈 수 있도록
주님 예비하신 은혜의 성령을 주소서

구원의 밝은 빛으로 이끄소서
신비스러운 빛난 영광의 빛을 비추사
예수 그리스도가 계신 찬란한 그곳을 향하여

주님, 그 보좌에서 흐르는 은혜에 새 노래를
올려 드리며 주님 사랑의 기쁨에 젖어
영광의 주님, 보좌를 향해 겸손히 나가기를 기원합니다

성령이여 보혜사 그 은혜로 인도하여 주소서
사랑의 주님 앞에 겸손히 나가 기원합니다
나에게 주신 믿음으로 소망을 안고 나가렵니다

행복한 사람

여호와의 공의를 빛 같이 비추고
말씀으로 나타내 주시고
성령이 구원을 위해 우주의 빛으로 내려와
우리에게 비추시니 감사요 은혜로다

말씀과 성령으로 약속하신 성령의 은혜가
주 영접하는 자에게 내려와 주님의
제자들을 지키시며 영원한 보좌로 인도하시네

이사야 선지자를 통해 보내신 그 약속을 지키시어
여호와가 사랑하고 기뻐하시는 그 아들이 오셨네
에덴에서 불순종하여 어둠에 빠져버린 영혼을
불쌍히 여기사 구하시려 임마누엘 예수님 오셨네

십자가에 흘린 보혈이 하늘 문 열었고
내 생명 지키시는 주가 보고 계시네
아픈 상처, 성령이 감싸고 치료하시니

아픔이 기쁨이 되어 내 영혼이 행복하네
성경에서 보여준 그 영원한 사랑을 보았네
주님 사랑 안에 있는 나는 행복한 사람이에요
세상 사람 몰라줘도 주님이 나를 아시고
그 영원한 은혜로 나를 구하셨으니
성령의 인도하심을 받는 나는 정말 행복한 사람

생명의 주님

생명의 구원은 주께 있으니
모든 것 내려놓고 내 생명
주님 앞에 나아갑니다

내 영혼 어둠 속에 있으니
주님 보혈로 씻어 주시어
정결하게 하여 주소서

내 속에 거룩한 성령으로
충만히 오셔서 나와 함께
동행하며 인도하소서

생명의 빛은 주의 빛이요
내게 주실 생명의 빛이 되어
성령은 나와 함께 하시고

전능하신 여호와 아버지 앞에

영광을 드리도록 빛으로 오셔서
주 안에 새 생명으로 인도하소서

나를 부르시네

예수 나를 부르시네
예수 나를 부르시네
예수 사랑 안으로
예수 품으로 돌아오라고

에덴에서 부르네
기쁨의 동산으로 오라고
샬롬에서 부르네
평안의 동산으로 오라고

어두운 세상에서
빛으로 나오라 하네
주님이 동행하며
지켜 주신다 하네

주를 따라 가려 하네
주를 향해 나가려 하네

인도하시는 곳까지
잠잠히 따라가려 하네

주와 같이 가려 하네
주를 따라가려 하네
예비하신 동산까지
주님 따라가려 하네

아바 아버지

세상에서 불러주신 아바 아버지
주님 십자가 사랑의 보혈로
정결하게 하여 주시고
주님이 보내신 거룩한 성령을
나에게 지금 충만하게 보내 주소서

주님 성령이 내 안에 좌정하시어
주님 말씀 빛으로 내게 비추사
어린아이 같은 나를 인도하소서

광야 길을 걷는 방황하는 나에게
아버지 집에 이르기까지 인도하소서
주의 말씀 등불로 비추시는 길 따라
내 아버지 기다리는 영원한 집을 향하여
인도하시는 길을 따르게 하소서

주님 향하여

주님 앞에 향배를 드리고 싶어
이 길을 걷고 있는데
주님 향해 가는 길일까

주님을 알고 그 사랑을 알았고
목마른 사슴처럼 님이 그리워

님 계신 곳을 향하여
주님 향기 따라가는 이 길을
걸어갈 때는 향기 가득한
꽃길을 걷는 것 같은데

만날 기약도 없고 길은 멀어도
그리움 가득 안고 주님을 바라보며
주님께 향배를 드리는 날, 주를 향하여
주님 앞으로 가는 길 걷고 있네

주님 성령과 함께

세상 길 걸어갈 때 나의 영혼 연약하고
거센 바람 불어와서 막막한 길 지나갈 때
지쳐 쓰러져도 나를 다시 세울 주님이 있네

어두운 길에서 주님을 만날 때 생명의 말씀
빛으로 새 힘을 주시며 내 마음에 오신 성령님
나를 인도하신 주님 그 사랑에 감사하여
항상 주님을 찬양합니다

내 영혼 구원하시고 평강의 길로 인도하시는
주님 나라까지 인도하실 주님을 찬양합니다
주 예수님 성령의 은혜를 항상 찬양합니다

✠ 믿음은 바라는 것들의 실상이요 보이지 않는 것들의
증거니(히 11:1).

주님 앞에서

하나님 반석이신 하나님의 품에 내 생명 있으니
내 영혼 세상 고난과 험한 풍파가 흔들어도
나를 위한 구원의 반석이 되신 주님 계시니

나를 위하여 흘리신 십자가 보혈의 피가
나를 정하게 씻기시며 함께 하시니
거룩한 주 은혜 바라는 나의 소망이

내 믿음 약해도 권능의 주님이 보호하시며
내 걸음 빛으로 인도하시는 사랑을 알았네
작은 신음에도 응답하시는 주님, 그 세미하신 사랑을
어느 곳에 있든지 함께 하시는 주님 은혜를 찬양해요

돌아갈 내 본향 주님이 기다리는 그곳에
영원의 나라, 예수 그리스도의 집에서
영원히 주님 앞에 내 영혼이 찬양드리게 하소서

주님 계신 곳을 향하여

가는 길이 험하여 흔들리고 지쳐도
아픔이 기숙하는 골짜기를 지나며
살얼음 길을 걷다가 진펄에 빠져도
나를 기다리는 주님이 기다리는 곳으로

영광의 빛 가득한 밝고 거룩한 그곳
주님이 예비한 새 예루살렘 성으로
기다리는 주님을 향하여 가렵니다

꽃들이 만발하고 향기 그윽하여
새들이 노래하고 나비가 춤추는 성
황금 길 걸어서 생명수가 흐르는 곳
예비하신 주님 계신 그곳으로

승전가 부르는 개선장군처럼
신앙의 마음 열어 믿음의 나라로
주님이 주고 가신 성령의 말씀 따라

님 계신 집을 향하여 걸어갑니다

✟ 무엇이든지 속된 것이나 가증한 일 또는 거짓말하는
자는 결코 그리로 들어가지 못하되 오직 어린 양의 생명
책에 기록된 자들만 들어가리라(계 21:27).

주님 은혜로

세상 허물 벗어 놓고 거룩한 영혼으로
나는 주님 말씀 따라 피어나는 꽃처럼
주님 향기 그윽한 꽃이 되어 피어나고 싶어요

내가 사는 동안 주님을 찬양할 수 있도록
주 은혜, 주의 빛으로 충만하게 하소서
주의 빛에 점등하고, 님 계신 천상으로
홀연히 오를 때까지 주님 은혜 향기를
꽃처럼 품고 피어나기 원합니다

마라나타 나의 생명, 거룩한 주님
기다리는 마음에 은혜로 임하소서
주님 사랑과 성령의 열매로 피어나는 꽃처럼
주님 앞에 향기로운 찬송을 드리게 하소서

주님 집에서

전능하신 주님이여 나의 방패가 된 님이여
내가 주님 뒤에 숨고 십자가 그늘 아래로
완전히 은신하려 하나이다

불화살이 날아오면 주님이 방패가 되어 주시며
폭풍이 몰려오면 나의 산성이 되어 지켜 주소서

나의 산성이 되시고 요새가 되신 주님이여
영광의 그 나라까지 주님 인도하여 주소서
주님 영광 빛나는 그 집에서 주님 얼굴 뵈오며
나의 주님 앞에 영원히 감사 찬양하게 하소서

한 여인의 기도

온 천지를 다스리며 영원까지 주관하신 주님
님의 오른팔로 나를 품어 주소서

나의 영혼 정결한 영으로 새롭게 하소서
내 영을 소생시켜 주시며 눈을 뜨게 하소서

밝은 아침 연한 풀잎 위에 초롱이 같이
이슬 같은 영롱한 모습으로 맑게 채워 주소서

골고다 오르신 그 걸음 걸음마다 언덕길을
기도로 오르신 사랑의 예수님
감격스러운 은혜를 가슴에 품고 따르게 하소서

목련꽃처럼 화사하게 하늘 향한 모습으로
바람과 함께 나비처럼 아름답게 춤추며
새들 노래하듯 주님 향해 찬양하게 하소서

여호와 은혜

여호와가 모태에서 특별한 작품으로
조성하여 세상에 보내셨어요
태에서부터 나를 부르시고 지명하시어

주님은 내 이름을 기억하시며
오늘도 어둠 속에 있는 나를 부르시는
그 은혜로 인도하시는 주님 안에서
나를 은혜 길로 인도하여 주시네요

주님 앞으로 인도하시는 천사들을 보내 주시고
세상에 필요한, 영과 육의 만나를 부족함 없이
천사를 통하여 공급하여 보내 주시네요

주님이 보내시고 나를 돕게 하시던 성령님
먼저 떠난 천사들에게 주님 영광의 나라에서
우리 함께 주님 베푸신 은혜로 품어 주소서
주님 영광의 나라에서 찬양을 드리게 하소서

주님을 찾는 자에게 베푸신 하염없는
여호와 은혜를 오늘도 충만하게 베풀어 주소서

✞ 너를 도와줄 여호와가 이같이 말하노라 나의 종 야
곱, 내가 택한 여수룬아 두려워하지 말라(사 44:2).

너를 지으신 여호와가

너를 지으신 여호와가
너를 지명하여 불렀나니
너는 내 것이라 내 것이라

전능자가 너를 구속하였고
불꽃이 너를 사르지 못하며
물이 너를 침몰하지 못하도록
너와 함께할 것이라 너를 보배롭고
존귀한 자로 사랑하고 있으니
두려워하지 말라 두려워하지 말라

전능자의 영광을 위하여
너를 지었고 사랑하고 있나니
나는 네 하나님이라
너는 세상 속에 있는
나의 증인이라 나의 증인이라

모세 지팡이도 여호와가 함께 하시니

바위에 샘이 솟고 강물을 갈라 길을 내시며

내 사랑하는 자들이 마시며

그 길을 즐거워하며 지나고 나를 찬송 할 것이라

너는 사랑하는 내 사랑이라 너는 내 사랑이라

✞ 너는 두려워 하지 말라 내가 너를 구속하였고 내가
너를 지명하여 불렀나니 너는 내 것이라(사 43:1).

만물의 주인 주님이

세상에 스쳐 가는 모든 인연이
주 안에서 행복을 위해 준비된 것이니
기쁘고 즐겁고 행복하게 사랑하며 살아라

햇볕으로 따뜻하게 온기를 보내라 하셨고
달과 별들에게 평온한 빛을 보내라 하셨네
기류 속 산소가 우리 심장을 뛰게 하고
맑은 물이 솟아 목마름을 해갈시키며
바람을 시원하게 이리저리 다니라 하셨네

나비들은 아름답고 자유롭게 춤추라 하고
새들은 즐겁게 노래하라 하며
향기로운 열매들은 알알이 맺혀라 하고
꽃들은 향기롭고 예쁘게 살아라 하네

세상 만상이 나를 위해 준비된 것이니
주님 뜻 안에서 누리며 행복하라 하네

생명이 필요한 것을 허락한 세상에서
고귀한 생명 받아 살고 있음을
감사하며 기뻐하며 즐겁게 살아라 하시네

✚ 너희는 그 은혜에 의하여 믿음으로 말미암아 구원을
받았으니 이것은 너희에게서 난 것이 아니요 하나님의 선
물이라(엡 2:8).

여호와 주님은

아름다운 우주를 다스리는 여호와가
나를 위해 만들어 주신 세상에서
이처럼 살아계심을 나타내 주셨어요

욥이 승리하기를
요나가 순종하기를
베드로가 돌아오기를 바라며
주님은 바라보시며
하나님은 참고 기다리셨어요

모세의 지팡이도 여호와가 사용하시니
바다를 갈라 길을 내셨고 기적들이 나타났어요
반석에서 샘이 솟아 생명수가 솟아났어요

밤낮으로 주무시지도 졸지도 않으시며
광야에서 불과 구름 기둥으로 보호하시고
광야에서 하나님 은혜를 나타내 주셨지요

전능한 여호와 사랑은 오늘도 우리를 구하시며 생명을 구원하고

성령을 보내 도우시며 보혜사로 평안하고 기뻐하여라 하시며

무한한 복을 주시는 주님 말씀 앞에 순종할 수 있기를 바라네

✝ 믿음으로 순종하는 욥에게 갑절의 복을 주셨고(욥 42:10). 요나가 복종하여 니느웨 사람 생명 십이만 명을 구하셨고(욘 3:3,10; 4:11). 베드로 나팔 소리에 삼천 명이 돌아오게 하셨네(행 2:38~41). 여호와께서 번제와 다른 제사를 그의 목소리 청종하는 것을 좋아하심 같이 좋아하시겠나이까 순종이 제사보다 낫고 듣는 것이 숫양의 기름보다 나으니(삼상 15:22).

예수는 구주

온천지 다스리는 임금님은
생명을 구원하신 구세주 되시며

지혜와 사랑의 근원이 되시고
진리의 빛으로 인도하시며
지극한 사랑과 긍휼로 자비를 베푸시고
은혜의 길로 인도하시는 주님이시라

우주 속을 주관 하시는
주인이신 주님이 그 뜻이
하늘과 땅에 이루어지이다

주님 계신 영광의 그 나라에서 우리들의
생명을 구원하신 주님, 이 사랑을 받은 성도들 함께
영원까지 찬양을 드릴 수 있기를 원합니다
나를 구원하신 주님, 그 이름 예수 구주시라
우리는 구주 예수 앞에 찬양을 드립니다

✟ 여호와 이스라엘의 하나님을 영원부터 영원까지 찬
양할지어다(시 106:48).

돌보아 주소서

여호와 하나님 나의 아버지시여
갈 길 모르는 나를 주님은 아시나이다

주님의 거룩하고 영화로운 처소에서 보시며
주님 말씀을 믿음이 없어 순종하지 못하고
지나온 시간을 돌아보며 회개하오니
긍휼히 여겨 주소서

모세가 시내 산에서 백성을 위해 기도하며
두 손 들었던 마음으로, 저도 주께 간구합니다

거룩하신 주님이 저의 죄를 살피시면 어찌 서리요
주님 앞에 설 자 누가 있나요 주님이 아시오니
긍휼히 여겨주시고 사하여 주소서
주님은 내가 세상 오기도 전에 다 아셨습니다

이 세상 지나는 동안 주님 뜻 알지 못하여

순종하지 못했던 일을 주님을 의지하며 비오니
죄지은 지나간 영혼들 불쌍히 여겨주소서

버리기도 하시고 품기도 하신 하나님이시여
예수 그리스도 은혜로 우리에게 긍휼을 베풀어 주소서
아버지 앞에 무릎 꿇은 이 마음을 굽어살펴 주소서

아버지 집에서

세상 지나는 길에서 주 예수 사랑으로
한 송이 꽃처럼 피어나기를 기원합니다
늘 새롭게 베푸시는 예수 그리스도의 은혜로
날마다 아름답게 피어나게 하소서

주님 빛으로 점등한 샛별처럼
세상 허물 벗어 놓고 신실한 믿음으로 나가니
성령이여 임하소서 임하여 주소서

십자가로 세우신 그 밝은 구원의 성으로
주님이 예비하신 내 집을 향하여 홀연히 올라
주님을 뵈오리니 인도하소서

주님 앞에 만개한 꽃처럼 피어나서
영광을 돌리게 하소서
주님 순결한 신부처럼 향기로운 예배를
드리게 하소서

✠ 해 돋는 데에서부터 해 지는 데에까지 여호와의 이름이 찬양을 받으리로다(시 113:3).

주님 사랑

고통 많은 이 세상 길에서 주님은
하늘 평강 주시려고 부르시네

아버지 사랑 가득 품은 주님이
하늘 은혜 주시려고 부르시네

주님이 주시는 성령으로
점등하고 밝은 빛을 이 세상에
밝게 반짝이며 비추라 하시네

구원 하시는 주의 십자가 은혜로
송축하면서 할렐루야 찬양하게 하소서

✝ 믿음은 바라는 것들의 실상이요 보이지 않는 것들의
증거니(히 11:1).

새해 아침의 기도

새날 아침의 소망을 가득 담은 해가
밝은 빛 쏟아 내며 솟아 오르네

온 세상 다스리시는 우리 주님 영광도
새해 새날 아침에 찬란하게 빛을 내리네

내 영혼 아버지 품으로 돌아갈 때
반가이 맞아 주실 사랑의 주님 앞에

영원히 찬양받으실 아바 아버지
할렐루야 부르며 주님께 영광을 드립니다

새해를 맞이하는 모든 사람을 강건케 하시고
올해에도 평안한 마음으로 인도하여 주소서

✝ 할렐루야 내 영혼아 여호와를 찬양하라(시 146:1).

아바 아버지 사랑

사랑의 아바 아버지, 우리를 지으시려고
모태 어머니 궁에서 조성하시어 부르시고
일 초도 놓지 않고 인도하시는 주님이시여

하늘 아버지 선하신 영을 나에게 부어주사
내 속에 성령의 마음으로 새롭게 하시며
구원의 즐거움으로 우리가 찬양하게 하소서

하늘의 아름다운 보고(寶庫)를 열으사
종과 횡으로 내 발이 닿는 곳마다
이른 비 늦은 비처럼 은혜를 내려 주시고
손으로 하는 일마다 주님 앞에 기쁨이 되어
감사제를 주님께 드리게 하소서

아버지를 섬기며 영화롭게 하며
찬양으로 영광을 받으시기까지
아버지 빛으로 은혜를 베풀어 주셔서

아버지 앞에 주님처럼 순종의 제물되어
내가 순종의 향배를 드리게 하소서

✝ 양자의 영을 받았으므로 우리가 아빠 아버지라고 부
르짖느니라(롬 8:15).

3부 『사랑』

사랑의 약속

작품 | 한홍수(HAN hongsu), 결3(Gyeol),227.3x181.8cm,oil on canvas,2021

사랑의 약속

여호와가 말씀 하시기를 사랑하는 자야
내가 너를 사랑하노라 진정 사랑하노라
내가 너와 함께 있으니 두려워 마라

사랑하는 자야 아프지 마라 두려워 마라
내가 너를 지명하여 불렀고 구속하였나니
너는 내 것이라 너를 구원하리라

내 아들이 십자가에서 하늘 문 열었단다
사랑하는 내 자녀야 너와 함께하리니
너는 두려워 말고 기뻐하여라

오~ 주님, 내 영혼이 주님 은혜 감사드려요
나의 소망이 주님으로부터 임함이로다
거룩하신 사랑의 주님 십자가에서 하늘 문 열어
나에게 생명 주셔서 거룩하신 주님 앞에
높은 하늘과 땅의 깊은 곳까지

모든 생명이 소리 높여 주를 찬양드리리이다

✠ 하늘아 노래할지어다 땅의 깊은 곳들아 높이 부를지
어다 산들아 숲과 그 가운데의 모든 나무들아 소리내어
노래할지어다(사 44:23).

하나님이 받으시는 예배

이 세상 지나는 삶 속에서 우리는
환란과 고통이 밀려와 어렵고 힘들 때
모래바람 사막의 폭풍이 휘몰아 가고
토네이도가 지나며 해일처럼 쓸어가고

눈보라 치고 상고대 눈꽃이 피어나고
슈퍼셀 폭우가 쏟아져 내려도
"주님을 만나러 광야로 나오라
골방으로 오라" 하는 세상 떠도는
말에 속지 말라 하시네요

주님은 어디서나 사랑의 영으로
거룩한 진리의 영으로 충만하게 계시니
우리의 참된 마음을 주님을 향하여 드리고
하나님을 사랑하고 말씀을 믿으며
이웃을 내 몸같이 사랑하라 하시네요

◆에클레시아가 예배드리는 곳은
그리심산도 아니고 예루살렘도 아니라
어디에 있든지 ◆소마와 ◆로기켄으로
영과 진리로 마음을 새롭게 변화를 받아

주님 뜻에 합한 예배 드리는 것은
하나님 뜻과 정의를 강물처럼 흘려보내며
영과 진리로 드리는 삶의 예배를
하나님은 기뻐 받으시고 함께 하시리라

◆에클레시아 = 부름을 받은 자
◆소마 = 구분된 삶
◆로기켄 = 올바르고, 합당하게 진리를 따르는 것

✠ 거짓 선지자들이 일어나 큰 표적과 기사를 보여 할
수만 있으면 택하신 자들도 미혹 하리라 "그리스도가 광
야에 있다 하여도 나가지 말고 보라 골방에 있다 하여도
믿지 말라" (마 24:26).

116

내 영혼아 일어나라

내 영혼아, 일어나라 찬란한 빛을 따라서
하나님을 향하여 말씀과 함께 걸어라

눈물이 너를 찾아와도 낙심하지 말아라
능력의 주님, 생명의 주님을 바라보아라
위로의 주님이 소망 주시리니 일어나라
사랑의 주님을 향하여 하늘 보며 일어나라

내 영혼아, 사랑의 주님이 기다리신다
주님 빛을 향하여 일어서라 나아가라
내 영혼 갈 길 비추시며 걸어가는 걸음마다
보호하시는 주님 은혜를 바라보아라
주님을 영원히 찬양하는 곳을 향하여
내 영혼아 일어나라 주님 향하여 걸어가라
내 영혼아

주님은 알고 계시지요

나의 주님이여 나의 주님이시여
살아계셔서 역사를 주관하시고
인도하시며 세상을 보시며
모든 일을 알고 계시지요

성경에 임의 말씀을 생각하며
입을 열어 쓴 물을 쏟을 수 없고
다만 주님께 맡기고 잠잠히 있으려 하니

내 마음은 용광로 속 같이 타오르고
몸은 뜨거운 도가니 속에 달궈진
질그릇같이 뜨겁고 눈물은
폭포수같이 쏟아지나이다
주님은 나를 신원하여 주옵소서

주님은 나를 아시오니 정녕 나를 아시오니
주님 날개 아래 빛의 길로 인도하소서

찬양의 향기로운 제사를 드리게 하시고
내 영혼이 잠잠히 님만 바라보게 하소서

바다의 거친 노도, 다스리시는
나의 주님을 향하여 찬양하며
가는 길 주님 뜻대로 따라가기를 원하오니
은혜를 베풀어 인도하여 주소서
나는 주님 향하여 기도하나이다
여호와여 연약한 나를 도와주소서

내 원수의 원수가 되어 주시고
대적의 대적이 되어 주리니
너는 사랑하라 하신 말씀, 따르려 하오니
주님은 나를 기억하고 신원하여 주소서

✝ 내 사랑하는 자들아 너희가 친히 원수를 갚지 말고

하나님의 진노하심에 맡겨라 기록되었으되 원수 갚는 것
이 내게 있으니 내가 갚으리라(롬 12:19).

주님께 감사 찬송

주님을 찬양해 찬양해요 내 영혼이
거룩한 주님을 기쁜 맘으로 찬양해
허락하신 새날을 맞이하면서 찬양해

어디서 무얼 하든지 함께 하시는 주님
수만 가지 은혜를 주신 주님께 감사해

내 영혼 내 영혼 나의 영혼이 주님을
찬양해 생명의 주님을 찬양해 찬양해
태양보다 밝은 성령의 빛 안에서 찬양해

만 가지 은혜를 누리며 감사해 감사해요
해가 빛나는 낮이 지나고
별들이 반짝이는 쉬는 밤에도 평안해

소중한 하루하루 주 안에서 호흡하며 찬양해
온종일 인도하신 은혜에 감사하며 찬양해

내 영혼 내 영혼이 나의 영혼이 감사해
주님 품 안에 있는 은혜에 감사하며 찬양해

꽃처럼 찬양하게 하소서

활짝 핀 꽃 위에 풍기는 향기
하염없이 비가 내려흐르고 흘러
세상 먼지가 내려 덮어도

주사랑 족하게 흐르는 꽃의 향기
주님을 향하여 활짝 핀 꽃들은
그 향기로 주님께 경배 드립니다

주님 은혜로 택함 받은 나의 생명
하늘에서 부르는 날까지 찬양하면서
스치는 것에 여한 없이 사랑하고

세상 환송을 받으며 저 천국으로
가볍게 날아올라 주 앞에 이르러서
천사의 손을 붙잡고 다 같이 찬양해

천상에서 내 영혼이 주님 앞에

활짝 피어나는 꽃처럼 성도들 함께
그리스도 앞에 경배드리게 하소서

예수님 뜻을 따라

어둠이 덮여 있는 이 세상에
생명의 밝은 등불로 오시었네
주님 십자가 고난으로 영혼을 살리시고
큰 사랑을 우리에게 나타내 주셨네
하늘 아버지가 온전한 은혜를 주셨네

여호와는 생사 화복을 주관하시고
우주 만물을 친히 다스리시며
영혼을 살리신 주님 계시니
주님 뜻을 좇아 뒤를 따라갑니다
님 계신 영광의 그 나라에 영원까지
주님 뜻을 따라서 가렵니다

영원한 아버지

태양은 빛나고 바람이 살랑대며
꽃향기 날아들고 나비가 춤추고
숲속의 새들이 노래하는 날
숲속 피톤치드 향기가 날아든다
내 영혼아, 감사하며 찬양드리자

주님 앞에 나의 허물 내려놓으니
보혈로 씻어주시고 마음을
온전히 새롭게 하여 주시며
마음속 성령으로 충만하게 채워 주시니
구원을 주신 주님께 감사 찬양드리자

성령님 나의 맘에 항상 계셔 주를 따르며
언제나 평안의 길로 인도하여 주시니
주님 말씀의 도를 즐거이 따라가리다
성삼위 하나님, 영원한 아바 아버지
나의 아버지
영원하신 사랑의 아버지께 찬양드리자

✠ 여호와여 나의 기도에 귀를 기울이시고 내가 간구하는 소리를 들으소서(시 86:6).

등과 기름 준비하고

하나님이 부르신 아름다운 사람들
주님이 허락한 시간까지 천성 가는 동안
환난의 복병이 찾아와 담을 넘으려 해도
주님 함께 하면 괜찮아 괜찮아 괜찮아요
반짝이는 별들을 사랑하고 축복하면서

하늘로 영이 돌아가고 흙으로 육이 가기 전에
이 세상에서 아름답게 반짝이는 별처럼
지혜로운 처녀같이 기름과 등을 준비하고
하늘에서 부르는 순간까지 사랑하며
감사하며 우리는 걸어가야 해요

✿ 슬기 있는 자들은 그릇에 기름을 담아 등과 함께 가져갔더니(마 25:4).

주님을 기다리는 마음

주님과 함께 있을 때 환희에 젖어 드는
내 마음, 주님은 아시나요

어울려 피는 백합꽃처럼 주님 은혜로
주님 향기 풍기며 피어나며 살고 싶어요

나를 영원한 친구 삼으신 주님
나에게 영원한 생명을 주신 그 사랑

주님을 사모하는 마음으로
늘 찬양드립니다 할렐루야

✝ 너희 말이 내 귀에 들린 대로 내가 너희에게 행하리
니(민 14:28).

천성을 향하여

세상 여정을 지나는 길에서
나 홀로 두지 않고 성령이 함께하시며
인도하시는 길을 걷게 하신 은혜에 감사해

님이 기다리는 밝고 평화로운 시온성
집을 향하여 가는 길을 비추사
님 계신 곳에 이르게 인도하소서

사랑하시는 님 계신 그곳으로
따뜻한 사랑의 품을 향하여 나가니
밝은 빛 속으로 날아 오르게 하소서

하늘에서 부르는 날 주님이 주신
의의 옷 입고 주님 앞에 이르게 하소서
세상은 아름다운 것으로 가득하게 하셨는데

욕심과 슬픔, 아픔의 고통들이 어렵게 하고

구름처럼 덮여 비처럼 내리는 이곳에서도
주님을 향하여 노래 부르며

주님 품에서 지내왔다고 감사드리며
향배를 드리렵니다

천국에 계신 아버지

세상 모든 역사가 주 안에 있음을 알고
주님 뜻을 깨닫고 그 말씀 앞에 겸손히
순종하는 지혜와 믿음으로 살게 하소서

하루하루 허락하신 선물을 누리게 하시고
하나님 큰 사랑 안에서 주님을 찬양하며
달려오는 삶의 파도를 누리며 지나게 하소서

어두운 세상에서 지혜 주셔서 듣고 보며
분별하게 하시고 깨닫게 하소서 하나님
뜻을 붙잡고 영생하는 길로 향하게 하소서

나 사는 동안 주님 말씀이 함께 하시고
인도하셔서 천상에 올라가 주님 나라
영광의 집에서 영원히 찬양하게 인도하소서

✜ 너희 안에 거하시는 그의 영으로 말미암아 너희 죽을
몸도 살리시리라(롬 8:11).

성령의 인도

주님 나라 향하여 가는 길에
폭풍과 고난이 올지라도
성령이 보호하고 함께 하시니

그 크신 사랑 주님의 그 사랑이
목마른 내 영혼을 은혜의 말씀으로
소망을 주시고 지혜를 주시니
난 성령이 주시는 능력의 힘으로
일어나 걸어갈 수 있어요

성령님 함께 하며 지켜주신 은혜로
세상 풍랑 거친 세파 속을 지나고
슈퍼셀 비바람 폭우 속을 지나도
우리가 일어나 걸어갈 수 있는 것은
성령이 인도하시는 은혜입니다

사명(使命) 앞에 순종

세상 파도 속에 오 만 가지 일들이
출렁이며 역동하는 햇빛 아래서
받은 사명 위해 온 힘을 다한 지친 몸과 마음이
새 힘을 받을 사랑이 있는 집으로 간다

여명이 비추는 고요한 새벽을 깨우며
또 하루를 시작하는 길을 내며
하늘 사랑을 받은 영양을 공급받기 위해
사명 앞에 순종하는 길을 간다

거친 세상에서 지친 몸과 마음이
회복할 수 있는 행복 비타민을 가득 안고
사랑하는 이웃과 함께 나눌 수 있는
기쁜 마음으로 간다

포도송이와 같이 하나가 되어
하늘나라까지 생명의 근원, 주의 행복을

든든하게 세울 진리의 생기가
우리 가운데 임하기를 바라면서
보혈이 흐르는 사랑이 있는 집으로 간다

나의 가는 길을 주님이 아시나니
인도하심에 따라 주께서 맡겨 주신
길을 걸으며 사랑하는 사명으로
목양의 길 주님 나라를 위하여 간다

✠ 지혜 있는 자는 궁창의 빛과 같이 빛날 것이요 많은
사람을 옳은 데로 돌아오게 한 자는 별과 같이 영원토록
빛나리라(단 12:3).

내 소원 주님께

주님은 날 사랑하사 나를 부르시고
주 사랑 천사를 보내 주셨네
지나가는 이 세상 나그네 길에서
내가 혼자 갈 수 없는 것을 아시고
보호하며 인도할 천사 둘을 보내 주셨네

악은 꼬리가 되어 사라지고
선은 머리가 되게 해주시라고
약속하신 그 아름다운 믿음으로 기도 하면서
한 천사는 주님 만나는 길로 인도하게 하셨고
또 한 천사는 주님 만나러 가는 길에
날마다 필요한 것을 공급하게 하셨네

그 천사들로 고난인 줄 알았는데
그 천사들이 떠난 후에 알았네
나를 위한 천사들이었다는 것을
고난 많은 세상에 와서

나를 위하여 고난받으며 도움을 주고
나 혼자 걸어갈 수 있을 때
한 천사는 하얀 나비처럼 날아가고
한 천사는 하얀 사랑만 주고 떠나갔네

기도하면서 떠나간 천사들을
주님이 우리를 구하시려고 생명 주신 은혜로
먼저 떠나간 천사들, 영광의 품으로 품어 주소서

천사를 보내 주신 그 사랑 감사하며
이 세상에서 다 하지 못한 사랑
주님 나라에서 우리 다시 만나
하얀 사랑을 하며 살게 하여 주소서

주님 아시지요

만왕의 왕 나의 하나님 아버지
나를 조성하시고 처음부터 지금까지
주 예수 그리스도 은혜로 인도하셔서
아바 아버지라고 부르는 은혜를 주셨죠

나를 기르시고 인도하시며 어디서
무얼 하든지 눈동자처럼 보호하시며
어디에 있든지 항상 바라보시고
지키시는 나의 아버지 내 안에 계시죠

아바 아버지 내 이름 아시죠
세상에서 아픈 내 마음 내 생각도
아버지 영광을 위하여 맡은 사명
온전한 사랑으로 감당하지 못하고 있으나

주님 앞에 흐르는 눈물, 아버지 아시죠
주님의 큰 사랑 함께 하여 주시고

내가 어디 있든지 무슨 일이 있든지
주님이 보시고 다 알고 계시죠

주님의 사랑은 내 영혼 깊은 곳까지
은혜로 채우시고 인도하시는 나의 아버지
내가 왜 아파하는지 슬퍼하는지
내 마음 아시죠
사랑의 예수님이시여

새 예루살렘(요한계시록 21~22장)

나는 알파와 오메가요 처음과 마지막이라
내가 생명수 샘물을 너희에게 주리라
목마른 자에게 값없이 주리니 받으라

어린 양이 그의 성전이 되심이라
해와 달의 비침이 쓸 데 없으니
하나님의 영광이 빛이 되고
어린 양이 그 등불이 되심이라

어린 양의 생명책에 기록된 자들만
들어가는 그곳은 생명수 강이
하나님과 어린양의 보좌로부터 흘러서
예루살렘 성 그 길 가운데로 흐르더라

다시 저주가 없으며 밤이 없겠고
눈물이나 슬픔이 없는 새 예루살렘에

주 하나님이 그들에게 빛이 되심이라
예수는 교회를 위하여 증언 하였으니
나는 다윗의 뿌리요 광명한 샛별이라
하시는 이가 값없이 생수를 받으라 하시더라

예언의 말씀을 듣는 모든 사람에게 증언하노니
내가 진실로 속히 오리라 하시거늘 성도들이
아멘 주 예수여 오시옵소서
주 예수의 은혜가 모든 성도에게 있을지어다
아멘

✞ 그 성은 해와 달의 빛이 쓸데없으니 이는 하나님의
영광이 비취고 어린 양이 그 등불이 되심이라(계 21:23).

행복한 비밀

나에게는 아무도 빼앗아 갈 수 없는
평안이 넘치는 비밀이 있어요
어둠과 슬픔이 나를 이길 수 없는
예수 그리스도 평안이 나와 함께 하시죠
성령님 내 마음에 계셔 평안으로 인도하시며
생명 빛으로 지켜 인도하시죠

세상이 침몰하지 못하게 성령이 지키시고
시련은 은혜가 들어있는 순간 포장이었죠
환난 풍파가 나를 위협하고 스칠 때
말씀의 반석 위에 믿음이 굳게 서게 하시고

하나님 사랑, 주님 성령의 위로가
나를 지키며 인도하시니 두려움 없어요
햇빛보다 더 밝은 그 나라를 향하여 가는 내 영혼

아무도 나에게서 빼앗아 갈 수 없는 비밀

평안이 넘치는 행복한 비밀이에요
복의 근원 되시는 여호와 은혜 안에서

사랑의 근원 예수 그리스도가 함께 계시니
권능의 성령님이 보호하시는
성 삼위 은혜 안에 있는 나는 존귀한
행복한 사람 정말 행복한 사람

희아야 에덴으로 가자

평안이 넘치는 에덴으로 가자
에덴에서 초청장이 너를 부른다
예수 이름으로 거룩한 길 따라
하늘로 날아서 황금성으로 가자

하얀 구름 보다 가볍게 날아오르고
극락조처럼 기쁨의 영혼으로 날아서
달나라 별나라 지나고 우주를 넘어
희아야 에덴을 향하여 즐겁게 날아가자

주님 앞에 들어갈 자격 없고
그 앞에 드릴 귀한 예물 없어도
그 사랑으로 입혀준 생명의 흰옷을 입고
준비한 성령의 기름 등불 들고
사랑이 부르는 황금성 향하여 가자

영광의 왕 주님 보좌 앞으로

생명의 평안이 너를 부른다
희아야 에덴 문을 지나 즐겁게 들어가자

천국 입성

나의 여정 마치고 천성에서 주님을 찾을 때
천국 문 열리는 나팔 소리 울려 퍼지고
주님 나라 황금성 들어갈 진주 문이 열릴 때
주님 보좌에서 영광이 찬란하게 빛난다

주님 은혜 주님 영광 영원히 찬양 받으소서
"예복 입고 기름 등 준비한 사랑스러운 나의 자녀야
(주님 음성)
어서 오너라 너를 기억하며 기다리고 있단다 "
영광스런 모습으로 마중 나오신 나의 주님 뵈오며

거룩하고 존귀하신 주님께 경배하며 할렐루야
주님을 송축하며 영원히 주님을 경배하리라

기도 들으시는 주님

두 천사들은 이제 갔습니다
주님 십자가 사랑이 인도하시는 그곳으로
하얀빛이 내리는 길로 영광의 빛을 향하여 갔습니다

에벤에셀 하나님
임마누엘 예수님 함께하소서

깊은 잠을 같이 자고 싶은 보고 싶은 임들은
해와 달 별들이 속삭이는 곳을 지나
하얀 별들이 되어 영광의 품으로 갔습니다

천사들 나팔 소리 울리고 주 재림하실 그때에
우리 함께 주님 나라 영광의 부활로
할렐루야 찬양하며 주님 성령에 이끌리어
주님 계신 밝은 영광의 나라에서
사랑하는 임들과 꽃처럼 피어나서
주님께 찬양을 드리게 하여주소서

내 기도 이루어 주소서 주님이시여

✟ 너희가 내 이름으로 무엇을 구하든지 내가 시행하리
니 이는 아버지로 하여금 아들을 말미암아 영광을 받으시
게 하려 함이라(요 14:13).

주님은 생명의 꽃

처음과 나중 되신 살아 계신 주님이시여
주님의 뜻과 역사는 신묘막측 하나이다

주님의 생명으로 잃어버린 자녀를 구하시려
어두운 이곳에 빛으로 오신 님이시여

구하고 찾는 자에게 선물로 믿음을 주시고
믿는 자들의 영혼을 위해 한 알의 밀알이 되셔서

어둠 속에 묻혀 있는 영혼을 깨우시고
사랑으로 평안 주시는 생명의 향기 아름다워라

주님은 변하지 않는 황금 같은 십자가 약속으로
생명을 주시는 한 송이 붉은 생명의 꽃이시기에
내 영혼이 주님을 생명의 꽃으로 영원히 찬송드려요

✞ 호흡이 있는 자마다 여호와를 찬양할지어다(시 150:6).

완전한 제물 예수

하나님의 어린 양이 십자가 위에서
하나님과 우리를 화목하게 하셨네
허물 많은 우리가 거룩하신 하나님 앞에
아바 아버지라 부를 수 있는 것은
주가 대신하여 흘린 보혈의 은혜요
주님이 주신 십자가 위의 사랑일세

우리가 하나님 앞으로 나아가는 길
화목 제물 되어 문을 열어 주시었네
아버지 앞에 들어가는 문이 열렸네
영원한 영생을 우리에게 주셨네
감사해요 주님 우리를 위해 산재물 되시어
십자가 위의 사랑을 주신 주님이시여!
그 사랑 찬양하며 경배드리나이다

4부 『성령』

성령의 인도하심

작품 | 한홍수(HAN hongsu), 결4(Gyeol),227.3x181.8cm,oil on canvas,2021

성령의 바람

바람이 분다
구세주가 보내신
성령의 바람이 불어온다
그리스도가 보내신 구원의 바람이
충만하게 충만하게 불어온다
옛 구습을 버리고 나는 길을 떠난다
여호와 약속의 말씀을 신뢰하면서
주 예수 구원하시는 사랑을 찬양하면서
치료하시는 성령 은혜를 송축하면서
도우시며 동행하여 주시는 성령과 함께
주를 향하여 호산나 호산나 부르며
여호와 뜻을 따라 새로운 길을 떠난다

✝ 누구든지 그리스도 안에 있으면 새로운 피조물이라
이전 것은 지나갔으니 보라 새 것이 되었도다(고후 5:17).

십자가 주님 사랑

우리를 위하여 흘리신 보혈
채찍에 맞아 등에서 흐르고
가시관으로 이마에 흐르고
못으로 손과 발에 흥건히 흘러
창으로 심장에서 흐르는 보혈
갈보리 언덕 십자가에서
주님 순종의 붉은 선혈이
꽃잎처럼 떨어져 흐를 때

나의 하나님 나의 하나님
어찌하여 나를 버리시나이까
하늘의 해는 빛을 잃고
아버지 내 영혼을 아버지 손에 부탁하나이다
아버지 앞에 마지막 부르짖을 때
성소의 휘장이 둘로 갈라지고

땅이 진동하고 바위가 터지며

무덤이 열리고 잠든 성도 몸이 일어나던 날
주님은 숨을 거두셨네

주님이 받은 십자가 고난이
우리를 죄에서 구하시고
우리에게 하늘 문 열어 주셨네
주님이 부활하셨네
주님 다시 오실 약속을 보여주시고
만인에게 복이 임하는 은혜를 주셨네
사랑의 주님 은혜로 찬양합니다

주님 함께하신다

우리 대장 예수 그리스도시여
전쟁에 능하신 여호와가 함께하신다
전쟁에 투입된 다섯 병사들이여
너와 나를 주님이 지켜 주신다
힘 다하여 끝까지 승리할 때까지 싸워라

세상 바다 물결 거세도
대장 예수 그리스도가 다스리신다
우리와 함께하시고 지켜 주신다
어둠과 싸워라, 승전고 울릴 때까지
최후 승리는 주 안에서 우리 것이다

✞ 신랑이 신부를 기뻐함 같이 네 하나님이 너를 기뻐하
시리라(사 62:5).

님 계신 그곳

맑고 밝은 말씀 길 따라 걸으며
지금은 희미해도 잊지 않으렵니다
주님 빛이 가득한 거룩한 그곳으로
님이 기다리는 집을 향하여 갑니다
꽃들이 만발하여 향기 가득하고
새들이 재잘대며 노래하며
나비들이 나풀나풀 춤을 추는 곳
빛나는 황금 길을 걸으며
마르지 않는 생명수가 흐르는
나를 위해 예비하신
님 계신 그곳을 향하여
인도하시는 길을 가렵니다

님 계신 그곳으로 승전가 부르며
개선장군처럼 주님 약속 믿으며
말씀이 비추시는 길을 가렵니다

주님께 영광

구원하신 성도들 빛나는 별처럼
주님 영에 이끌려 공중에 오를 때
주님 영광의 빛난 광채를 비추시며
성령 울타리로 울을 두르시고
구원하신 택한 백성이여
영광의 빛으로 지키시니
어둠이 들어오지 못하네
할렐루야 힘차게 부르세

주님 은혜로 사랑의 나라
주님이 계신 영광의 나라
내가 들어갈 은혜의 나라
주님 은혜로 영광의 나라에서
주님께 영광 영광 영광
할렐루야 힘차게 부르자
주님 주신 기쁨을 감사하면서 부르세

✠ 또한 우리를 부당하고 악한 사람들에게서 건지시옵
소서 하라 믿음은 모든 사람의 것이 아니니(살후 3:2).

내 맘 속에

내 맘 속에 내 맘 속에는
예수님이 계셔요
내 맘 속에서 내 맘 속에서
평안을 주셔요

언제나 기쁨을 주신 주님
늘 함께하시고
예수님 모신 내 마음속에
즐거움을 주셔요

내 맘 속에 내 맘 속에는
성령님이 계시고
내 맘 속에 내 맘 속에는
기쁨을 주셔요

성령님 내 길 인도하시며
항상 보호하시니

어디서나 함께하시는 주님을

나는 정말 좋아요

나는 행복한 사람

주님 사랑 안에 있는
나는 행복한 사람

주님 사랑의 품에 있는 나를
세상 사람이 몰라도 주님이 아시니
나는 행복한 사람

창밖에 밤하늘 달을 바라보며
홀로 앉아 있어도
이 세상 그 무엇도 부러울 것 없어
주님 사랑 안에 있는 나는
정말 행복한 사람

세상 사람 몰라줘도
하늘나라 천군 천사 날 부러워해
주 안에 있는 나는
정말 정말 행복한 사람

예수 그리스도의 은혜

지금까지 살아온 모든 삶이
그리스도의 계획과 뜻 안에서 지나온 길이네
지나온 순간순간 지켜 주신 은혜여
누리며 지나온 일들이
예수 그리스도 계획된 은혜였네
값없이 주신 하나님 은혜였네
갚을 길 없는 은혜여
헤아릴 수 없는 사랑
예수 그리스도 안에 있는 은혜였네
은혜를 아는 순간 마음이 감격하여
감사 찬양 드리네

✟ 믿음은 바라는 것들의 실상이요 보이지 않는 것들의
증거니(히 11:1).

내가 깊은 곳에서

내가 깊은 곳에서 주께 불러 아뢰니
주가 붙들어 품에 안아 주신 은혜
주님 사랑 넓은 가슴안에 나 있으니
주의 빛 비추어 어둠이 떠나가고
세상 어둠이 침해하지 못하네
주 사랑 그 사랑이 나를 만져 새롭게 하고
영광 가운데 잠잠히 사랑하시는 주님을
눈을 뜨고 보았네
저 높은 곳에 계신 그리스도를 향하여
영광 중에 계신 주님 앞에 나는 엎드려
할렐루야, 구주를 찬양하나이다

에벤에셀 하나님

세상 시련이 쉼 없이 불어와도
언제나 주님이 보고 계시며
내 영혼을 눈동자처럼 지키시고
안전한 주님 품으로 감싸시며
밝고 거룩한 길로 인도하시는
그리스도의 십자가 사랑이
내 허물을 십자가 아래 묻어 주시니
여호와가 주신 샬롬 경배드립니다

사랑의 주님을 찬양합니다
예수 그리스도가 나와 함께 하시고
여호와 사랑이 함께 하시니
에벤에셀, 하나님을 내 영혼이 찬양합니다

주님 은혜 찬양해

여호와 영광의 빛으로 인도하시며
십자가 주님 사랑으로 확증하시고
영원한 말씀 등불로 비추어 주시는
임마누엘 주 앞에 임마누엘 주 앞에
전에 없던 새 하늘 노래로 그 노래로
주님을 찬양하고 찬양해 만 가지 은혜와
구원을 주신 주님께 감사하며 찬양해

주님 백성을 위하여 아낌없이 주시고
새 예루살렘 준비하신 은혜를
내 영혼 내 영혼이 영원히 찬양해
말씀으로 주신 약속을 지키시며
지극한 자비와 사랑을 주신 주님 앞에
찬송하고 찬송해 새 노래로 찬송해
임마누엘 주 앞에 임마누엘 주 앞에

✝ 호흡이 있는 자마다 여호와를 찬양할지어다 할렐루
야(시 150:6).

168

끝없는 사랑 앞에

어둠에서 빛으로 이끄시는 주님 사랑
예수 그리스도의 은혜와 사랑을

생명과 평안으로 인도하시는 밝은 빛
걸음 걸음마다 말씀이 등불이 되시며
평안으로 인도하는 사랑의 빛이시요
내 영혼 지켜 주시는 안식의 빛으로

평화로운 영광의 나라로 인도하심을
사랑의 주님이 예비하여 주셨나이다
감사로 찬양하며 영광을 드리나이다

알고 계신 주님

온 천지 다스리는 주님
예수 그리스도 그 이름이여

지혜와 사랑의 근원이 되시고
긍휼과 자비를 베푸시며
빛으로 인도하시는 구세주

나를 구원하신 그 이름 앞에
생명이 살아있는 동안 찬양으로
영광을 드리기 원합니다

어두운 곳에서 건져 주신 내 영혼
주님 나를 아시니 빛 가운데 걸으며
영광으로 찬양드립니다

생명이 살아있는 동안 찬양으로
나를 구원하신 예수 그리스도여

할렐루야 기쁜 찬양드립니다.

✞ 그 보배롭고 지극히 큰 약속을 우리에게 주사 이 약속으로 말미암아 너희로 정욕 때문에 세상에서 썩어질 것을 피하여 신성한 성품에 참여하는 자가 되게 하려 하셨느니라(벧후 1:4).

새벽길

소리 없이 떨어지는 순백의 꽃
꽃대도 없이 눈부시게 피어나
무리 구름 꽃잎처럼 떨어져 내린다

소복이 쌓인 함박눈 꽃길에서
흔적만 남기고 사라져간 꽃잎은
생명줄 뿌리에 생기가 되는
그 님만 아는 생명의 비밀 되어

그 님 사랑 향하여 걸어가는 길
하얀 믿음 활짝 피어
스치는 곳마다 꽃 같은 천사처럼
그분 사랑 향기 전하고 싶어

목화송이처럼 내린 숫눈길
사랑의 마음들이 모인 새벽예배 향하여
나는 새벽길을 기도하며 걸어가고 있다

좋으신 하나님

어둠에 묻혀 있던 내 영혼
금강석처럼 굳은 내 마음
주님 앞에 내려놓으니
두려움과 슬픔 속에 내 영혼
보석 같은 말씀으로 단련하시고

흰 눈 같이 정결하게
꽃향기 같이 향기롭게
맑고 청결한 물 같이 녹이셨네
힘들고 어려운 순간마다
주님 말씀 생각이 나서
내 마음에 평안으로
날마다 순간마다 피어납니다

날마다 주님의 자비가
나를 감싸고 지키며
거친 풍랑 속을 지나도

말씀과 성령으로 함께 하시며
내가 살아 숨 쉬는 동안

날마다 호흡하는 순간마다
그 사랑이 힘을 주시네
발걸음마다 지켜 주시는
권능의 하나님 내 생명 예수님
살아 계신 나의 하나님이시라

주님은 찾으시네

주님은 찾고 계시네 겸손한 자를 찾으시네
주님을 전심으로 찾으며 은혜를 구하는 자를
말씀을 믿음으로 순종하는 자를 찾고 계시네
사람은 몰라도 주님은 멀리서도 알고 계시네
순종하는 마음이 무엇을 원하는지
하나님을 경외하며 말씀에 순종하는 자를
복 주시고 평안하게 살기를 원하고 계시네
기다리는 주님을 만나 행복하기를 원하시면서
초롱이를 오늘도 찾고 계시네

믿음의 무기

말씀은 권능이니 믿음은 능력이라
양날이 선 검을 준비하여라

어둠을 물리치고 빛을 향해 나아가라
최후 승리 천성에 들어갈 때까지

주님은 우리를 기다리신다
최후 주님을 만날 때까지

양날이 선 검을 내려놓지 말아라
평화의 주님을 만날 때까지 사용하여라

주님 나라에서

주님 사랑 온 우주에 비추셨네
바닷가 모래알보다 많은 생명들을 위해
영혼을 살리시는 그 사랑의 빛을
단비처럼 내리는 완전한 빛으로
예수 그리스도 사랑의 이름으로

세상 길 외롭고 고달프고 아파도
지친 몸과 마음 아버지는 아시나니
주님을 생각할 때마다 새 힘으로 일어나라

사랑을 주시며 사랑하라 하시는 주님
사랑하지 못하고 스쳐 보낸 삶의 인연들
사랑하면서도 표현을 하지 못했는데
나를 구원하신 예수 그리스도의 나라에서
해맑은 사랑 함께하며 살고 싶어요
주님 은혜로 허락하여 주소서

✝ 너희가 내 안에 거하고 내 말이 너희 안에 거하면 무엇이든지 원하는 대로 구하라 그리하면 이루리라(요 15:7).

그는 나를 찾았네

그는 나를 찾았네
어둠 속에서 나를 끌어 올렸네
어두워 길 잃고 헤매는 나를
생명의 빛을 나에게 주었네
그는 나의 생명을 지키니
내 생명 그의 것이요

그는 나를 생명의 빛으로 품어
나는 그의 빛이 함께한 별을 보네
그는 나의 생명 지키고
내 생명 그 안에 있으니
그의 평안 나를 감싸고 있네

그는 나를 찾았네 어둠 속에서
나를 붙드시는 사랑의 손길에
내 생명 소생하여 빛을 보았네
그는 내 영혼 살리고 보호하니

어둠 속 내 영혼 빛이 임하여

나는 그 빛을 보았네 밝은 빛을
그는 나를 살리네 그 빛으로
그는 나를 붙드네 어둠 속에서
사랑의 손길로 나를 붙드셨네
그의 평안 나를 감싸고 있네

나는 주 안에 살겠소

세상은 나를 버려도 괜찮소
나를 무시하고 조롱해도 괜찮소
나는 세상에 속하지 않았으니
세상이 나를 사랑할 수 없겠죠

나를 사랑하시는 임은
세상에서 싫어 버림받았소
채찍과 조롱 희롱과 침 뱉음 당해도
율법의 완성과 사랑의 화신이 되었소
그 임의 사랑을 아무나 받을 수 없죠
그 임 말씀을 받았으니
나도 그 임을 사랑하며 즐겨 따라가겠소

어떤 시련도 그 임의 사랑에서
나를 떼어 놓을 수 없죠
사랑하시는 내 주님의 성령이
눈동자처럼 보호하고 있으니

날마다 찬양을 드리며 나는 살겠소

✝ 내가 아버지의 말씀을 그들에게 주었사오매 세상이
그들을 미워하였사오니 이는 내가 세상에 속하지 아니함
으로 그들도 세상에 속하지 아니함을 인함이니이다(요
17:14).

어느 날 꿈속에서 본 여인

캄캄한 어둠 속에서
유유히 걷는 한 여인을 보았네
거룩하고 선하신 아버지 사랑을 입었네

모양은 눈처럼 희고 전신이 빛나는
그 광채가 다이야몬드 처럼 반짝이며 빛났네

머리에서 발까지 아름다워
그가 누구인가 보았더니
주 예수님 은혜 입은 사람이었네
감사하여라, 주 예수 그리스도 그 사랑이

단상에 올라 걸으며
포즈를 취하고 있었네
정신을 차리고 보니 꿈속이었네

내 영혼 지나는 세상길

맑고 파란 하늘 보라
밝은 태양이 빛나는 파란 하늘을
바람에 밀려 유유히 떠가는 구름을 보라
높은 하늘 뭉게구름 흘러가는 것을
흰 구름이 바람에 밀려 파란 창공을 지나는 것을

인생도 세상을 지나가는 한 점 구름 같아
시간과 계절을 지나 세월에 밀려가는 세상
지날 때는 아름다워 보이고 없으면 안 될 것 같아도
여행 끝날 때 헛되고 헛된 것들 뿐인데

피어날 때는 아름답고 즐겁고 소망이 가득하나
익어 갈 때는 아픔도 외로움도 슬픔도
천둥도 폭풍도 햇빛도 시시각각 지나는구나
더하게 할 수도 덜하게 할 수도 없으니
사람의 본분인 주님 명령만을 기억하고 지나갈지라

빛은 실로 아름답다 눈으로 해를 보는 것이 즐거운
일이라

수고하고 즐거워하며 사랑하는 것은 허락하신 하나
님 선물이라

오직 하늘에 계신 주님을 경외하면서

일할 수 있고 즐거워하며 나눌 수 있는 마음이 행복
한 복된 삶이라

모든 은밀한 일을 선악 간에 심판하시는 하나님을
찬양하라

내 영혼아!

✤ 내가 주를 찬양할 때에 나의 입술이 기뻐 외치며 주
께서 속량하신 내 영혼이 즐거워하리로다(시 71:23).

5부 『인도』

천상을 향하여

응급실에서

응급실을 향하여 119가 울면서 달린다
신장 악성 암 3기 판정을 받고
담담한 마음으로 두 손 모아
내 생 허락하신 시간이 끝났다면 순종하리다 주님

스쳐 가는 바람같이 머무를 곳 어디인지
철없는 아이 같은 마음 인도하여 주소서
내 가는 길을 주께서 아시나이다

높은 산을 넘을 때도
깊은 골을 지날 때도
고난과 환난 스쳐 가는 세상 길
여기까지 인도하심을 감사하나이다

꽃같이 아름답진 못했어도
보석 같이 빛나진 못했어도
건강한 몸과 마음으로 여기까지 지나온 길

머물라 하신 곳은 어디든지 머물겠나이다

주님이 예비하신 처소에서
주님께 영광 올리고 주님 앞에
찬양할 수 있는 곳이면 족하겠나이다

✠ 너를 모태에서부터 지어낸 너를 도와 줄 여호와가 이같이 말하노라 나의 종 야곱, 내가 택한 여수룬아 두려워하지 말라(사 44:2).

"현실을 분별하고 올바른 길을 선택하라" – 이귀현

암 병동 1

나의 힘이 되신 여호와여
내가 주를 사랑하나이다
여호와는 나의 반석이요 요새시요
나를 지키는 권능이요 구원의 뿔이시며
내가 피할 산성이요 방패이십니다
나는 찬송 받으실 여호와께 찬송하나이다
스올의 줄이 나를 두르고
사망의 올무가 나의 뼈를 떨리게 하나이다
주님은 나를 기뻐하시며 구원하여 주소서
마라의 쓴물이 단물로 변하듯
치료하시는 능력의 힘이 되신 주를 의지하며
주님이 주신 구원의 홀을 들고
이 담을 뛰어넘어 찬양하게 하소서
사랑의 영원한 나의 아바 아버지

암 병동 2

하나님 자비를 베풀어 주소서
암의 고통이 나를 찾아와 근심을 주네요
암이 끈질겨도 나와 함께 계신 이가
세상에 있는 모든 병을 고치시고
온 세상을 다스리시는 만왕의 왕이시고
강한 성과 방패와 병기가 되어 함께 하시니
예수 그리스도로 힘입고 전쟁에 나가렵니다
임마누엘 나의 사랑의 하나님
여호와 라파, 치료의 광선을 더하여 주소서
작은 신음에도 응답하시며
눈물을 닦아주시는 주님 그 사랑을
영원까지 크신 은혜 찬양하겠나이다

✠ 너희는 하나님께 속하였고 또 그들을 이기었나니 이
는 너희 안에 계신 이가 세상에 있는 자보다 크심이라(요
일 4:4).

암 병동 3

악성 암 3기 신장과 요관 방광 일부를 적출해야 산다
수술을 위하여 입원하고 창밖을 보니 함박눈이 내
린다

음식을 먹을 수 없어 과일만 먹었더니
당수치가 500이 올랐다
항암치료를 할 수 없어 중단하고
인슐린을 맞으며 식사를 조절하고 당을 먼저 내려
야 한다
음식을 먹을 수 없어 입에서 물처럼 씹어도 넘길 수
없어
오물처럼 쏟아 버린다
선행 항암치료를 일주일에 한 번씩 두 달간 하고 수
술하려 하니
몸이 내 마음대로 움직일 수 없다

아침 이른 시간 수술대 위에 올랐다

두 천사가 다가와 마음 모아 기도하고
수술이 끝나고 무사히 걸어 다닐 수 있을까
만감이 교차한다

수술실에 로봇이 기다리고 서있다
마스크를 쓰니 눈이 감기고 감각이 없어
로봇은 여섯 손으로 여섯 곳 뱃살을 뚫고 들어가
왼쪽 신장과 요관 방광 일부에 암이 잡고 있는 부분을
로봇을 통해 린치를 당했다

남극 빙하에서 요철 위를 떨어지는 느낌이 들고
희미한 정신에 돌풍이 몰아친다
"추워 추워 너무 추워" 냉동고에 들어있는 듯하다
"아파 아파 너무 아파" 연신 앓는 소리가 나오고
  병실에 돌아와 무통제를 투여하고 통증이 점점 가
라앉는다

토네이도 같은 돌풍이 사라지고 잠잠해진다
가슴이 답답하고 들숨이 막힌다
목에 흡입기를 넣어 흡입해도 가슴이 답답하다
들숨이 막혀 호흡하기 어렵다
천장에 불빛이 보인다
유리창을 통해 햇빛이 들어온다
비둘기가 창밖을 지나간다
다시 살아났구나
몸이 점점 온기가 돌아온다
다리는 얼음덩어리 같다

체온이 정상으로 돌아오며 앓는 소리가 멈추고
포도당 수액과 인슐린 진통제를 오 일간 투여하고
엿새 만에 치료를 마치고
창밖을 바라보니 한낮 내리는 볕 속에 수많은 상념이
생각 속에 가득하게 일어선다

✠ 내 이름을 경외하는 너희에게는 공의로운 해가 떠올
라서 치료하는 광선을 비추리니 너희가 나가서 외양간에
서 나온 송아지 같이 뛰리라(말 4:2).

암 병동 4

아이성 싸움처럼
하나님! 이스라엘 백성이
말씀에 순종하여 여리고 성을 무너뜨렸고
온전히 바친 물건으로 아간이 범죄하여
아이성은 무너뜨리지 못했던 것처럼
암에서 내 생명을 보전하고
신장성과 요관 방광성(城)을 빼앗겨
승리하지 못하였습니다.
하나님 나의 잘못을 주님이 아시나니
생명을 사랑하지 못한 허물 용서하소서
주님 긍휼히 여겨 주소서
일부 성은 내어 주었어도
하나님이 함께하시고 지켜 주셔서
생명의 큰 성은 보전하였습니다
주님!
지금까지 함께 하시며 인도하신 주님
앞으로 저의 남은 여정도 인도하소서

암 병동 5

3기 암을 수술한지 20개월만에
4기 암이 재발하여 나에게 찾아왔다
20개월 동안 수술 후유증으로 치료를 받았다
수술할 때 산소호흡기를 입에 물려
앞니가 위아래 4개가 솟아 흔들려 치과 치료를 하고
안과 치료를 하고 호흡기 내과 치료하고
피부과 치료를 하고 암 병동 치료 내분비 내과 치료
비뇨기과 치료 일곱 과를 다니며 겨우 정상인가 했
는데
수술한 지 20개월 만에 골반에 증식하고 있었다
2월 5일부터 항암치료를 다시 시작하였다
3센티가 자랐다 3개월간 항암치료를 하고 1센티로
줄었다
5월 22일부터 면역 항암치료로 들어갔다
면역 항암치료를 15일 만에 한 번씩 맞으며 2달이
지나서
골반에서부터 발가락까지 뼈가 아픈지 살이 아픈지

모른다

　왼쪽 다리뼈 속이 불타는 것 같다

　통증이 심하여 참기가 어렵다 걷기도 불편하다

　마약 진통제를 처방해 먹었다

　몸이 감각이 없어진다

　걷는데 몸이 마음대로 움직일 수 없다

　길을 걸으며 자꾸 넘어진다

　온 전신이 부어오른다

　죽으면 죽으리라 3개월 먹던 진통제를 끊었다

　진통제의 고통은 3일이 지나니 점점 사라져간다

　식은땀이 온종일 흐른다 잠자리에 누워도 물 위에
누운 것처럼

　땀이 젖어 요와 이불을 갈아내고 다시 깔고 덮고 잔다

　지팡이를 짚으며 도우미 도움을 받으며 병원 치료
를 간다

　정상적인 생활을 도저히 할 수가 없다

　언제까지 어떻게 치료를 해야 할까

내가 왜 이런 병에 시달림 받아야 할까? 이유가 무엇일까?

왼쪽 다리의 통증은 5개월간 계속하고 잠잘 수가 없다

10월 17일부터 방사선치료를 일주일 중 5일간 치료한다

28회를 진행할 것이다

이 암과의 전쟁은 언제 끝날 것인가?

암 병동 6
-4기 암 투병

3기 암을 수술하고 뒤돌아 보니 그동안 합병증으로 20개월 치료하면서 지나왔다. 다 나았는가 했는데 다시 2024년 2월 5일부터 입원하고 사기 암 투병이 시작됐다. 왼쪽 골반에서 암 균이 3센티미터가 시작됐다. 항암치료를 3개월하고 1센티미터로 줄었다. 5월 21일부터 면역 항암 치료약 바벤시오 약을 투입했다.

7월 20일부터 왼쪽 다리 통증이 시작한다. 왼쪽 골반에서 발가락까지 뼈가 불타는 것 같다. 표현하자면 아픔의 통증이 눈에서 불날 정도로 아프다. 잠을 잘 수 없고 몸부림을 치며 소리 지르고 싶다. 무엇도 먹고 싶은 것이 없다

옛날에 암 환자가 온 동네 들리도록 소리 지르는 생각이 난다. 아! 그 사람도 이렇게 아팠구나! 생각하며 성경의 욥을 생각해 보았다. 그 시대에는 욥도 발바닥부터 머리 정수리까지 온몸에 종기로 고생하며 질그릇 조각으로 몸을 긁으며 자기 생일을 저주하였다. 어찌하여 태에서 죽어 나오지 않았던가? 어찌하여 젖을

빨았던가? 나는 음식 앞에서도 탄식이 나며 앓는 소리는 물이 쏟아지는 것 같다. 땅을 파고 숨긴 보화를 찾음보다 죽음을 구하는 것이 더 좋다. 나에게는 평온도 없고 안일도 없고 휴식도 없고 다만 불안만 있구나, 하는 글을 보면서 얼마나 고통스러웠으면 이렇게까지 말했을까?

그때에는 지금처럼 약의 혜택을 보지 못했을 텐데, 나는 지금 최상의 현대 의학의 혜택과 치료를 받고 있는데 이렇게 아프구나, 나는 그래도 행복자로구나 위안을 받으며 몸부림을 치면서 진통제 약을 2개월 먹어도 아프고 오히려 감각이 없어서 길 걷다가 넘어진다. 진통제를 안 먹으면 아프고 진통제를 먹으면 감각이 없어 못 걷고 넘어진다.

진통제를 포기하고 아픔을 견뎌보자, 진통제를 먹으면 통증을 못 느껴도 움직일 수 없고 안 먹으면 통증으로 아프다 하여 죽으면 죽으리라, 생각하고 진통제 마약성이 있는 약을 포기하니 감각이 조금씩 살아나는 것 같다. 아파도 정신은 돌아오는 느낌을 받았다. 누운 자리가 물 위에 누운 것 같다. 한번 일어나면 자리가 젖어 걷고 다른 자리를 펴고 누었다. 깨어 있어도 온몸에 땀이 종일 흐른다. 3일이 지나니 몸이 조금 가벼워지며 감각이 느껴진다. 진통제를 끊고 뼈가 저리고 아파서 제일 약한 파스를 붙였다. 하지만 약성이 센 것은 더 아픔을 느꼈다.

음식은 먹고 싶은 것이 없다. 처음 항암 하는 것보다 더 편하지 않다. 아픈 소도 일어나게 한다는 낙지를 사다가 억지로 먹었다. 낙지를 먹고 3일이 지났다. 지팡이를 짚고 휘청이면서 걸음은 느려도 걷는다. 30분 거리를 3시간 걷는다. 하루하루 부드러워진다. 일주일쯤 걸으니 조금 더 수월하다. 이제 방사선치료를 받기 위해 준비한다. 병원에서 매운 음식은 먹지 마라, 회를 먹지 마라, 한다. 방사선치료를 하니 음식을 먹을 수 없다. 입덧하는 것 같다 어지럽다.

지팡이를 짚고 혼자 다닌다. 이 세상 길은 어차피

혼자 가는 길 마음도 생각도 아무에게 의지하지 말자. 넘어지면 일어서고 다치면 치료하고 혼자 누리며 걷는 길이다. 이것도 나에게 주어진 은혜이다. 젊어서 건강할 때 하루도 흐트러지지 않고 살아온 삶의 은혜일 것으로 생각한다.

이런 상황에서 먹을 것과 치료비를 걱정해야 한다면 어찌 하겠는가? 누리며 살게 하신 하나님 은혜이다. 행복도 누리는 것, 아픔도 누리는 것, 고통도 누리는 것이다.

행복의 순간을 지나지 않으면 행복한 순간의 기쁨을 어찌 알겠으며 고통을 지나지 않으면 고통이 얼마나 슬프게 하는지 알 수 없으며 아프지 않았으면 아픔이 얼마나 괴로움을 느끼게 하는지 어떻게 알 수 있었을까? 그 길을 지나 본 자만이 그 길의 높고 깊음을 알 수 있을 것이다. 젊었을 때 건강도 누렸으니, 건강이 지나니 아픔도 오는 것을 느끼며 젊었을 때 건강했던 그때가 행복이었다는 것을 새삼 생각해본다.

남편하고 아들, 딸 네 식구가 살아갈 때 사업 실패로 생활이 풍성하진 못했어도 사랑이 풍성한 그때가 행복이었다는 것을 알았다. 이제는 남편과 딸은 만날 수 없는 곳으로 떠나고 아들과 둘이 살면서 지금 같은 생활 속에 같이 살다 갔다면 얼마나 좋았을까. 생각을 하면서 남편과 딸이 보고 싶다.

주님 은혜 동산에서

우리 찬양받으실 주님이 세우신 동산에서
구원의 주님 계신 천성을 향하여
사랑의 주님을 찬양합니다
은혜 주신 믿음으로 꽃처럼 향기롭게
모든 성도 온 맘 다해 주님 경배합니다
만왕의 왕 인자하신 주님 은혜의 날개 아래서
복락의 말씀 강물을 마시게 하시니
구원받은 성도들 주님 만난 동산에서
주님 앞에 경배드립니다
주님이 부르신 곳, 그 함께하신 성전에서
날마다 감사로 찬양드립니다
많은 천사 주님 향해 참 마음으로
동산에 모든 성도 함께 찬양드립니다
찬양으로 영광 받으소서 영원까지 주님

●

감사의 글

이 글을 세상에 내면서

만왕의 왕이신 만유의 주를 천상에 계신
아버지로 알게 된 은혜가 감사하다.

인생을 지나가면서 짧던 길던 나름대로
희로애락을 지나지 않은 사람이 있겠는가
나는 여기에 올린 글을 인생이 지나가는 길에서
나를 보내신 그분을 먼저 감사와 찬양을 드림이 마
땅하다.
많은 이야기 중에 가장 먼저 감사드려야 할 분에게
감사의 마음으로 먼저 영광을 드리는 뜻에서
아벨의 첫 새끼의 감사로 제사 지냈던 마음으로
오직 기도와 감사와 찬양으로 영광을
드리고 싶어서 이 글을 쓰게 되었습니다.

언젠가는 돌아가야 하는 고향에 계신 아버지를
향하여 올려 드리는 마음의 제사입니다.
내가 세상 길 지나오면서 무엇을 취하든지
가장 먼저 천상에 계신 아버지 앞에 감사 찬양으로
예배드릴 때 가장 좋은 것을 주님께 드렸기에
글도 먼저 기도의 첫 글을 올려 드리는 마음으로
이 책의 글들을 쓰게 되었습니다.

지금까지 지나온 나의 길에서 슬픔도 고통도 주님
이 아시기에 은혜로 인도하신 글을 올릴 수 있어 감사
합니다. 진정 내 마음에 드리고 싶었던 글을 다 올려
드리지

못하였지만 이것만이라도 올려 드릴 수 있어 감사
합니다. 부족한 글을 끝까지 정독하여 주신 것을 감사
드립니다.

"주 안에서 주님 은혜가 당신에게 충만하게 임하여
주시기를 축복합니다."

이 기도문이 책으로 출간 될 수 있도록 인도하여 주
신 주 예수 그리스도 앞에 모든 영광을 올려드립니다.
솔리 데오 글로리아.

2024. 11 가을, 단풍이 절정일 때
이귀현

보헐, 여호와 라파
- 그 길을 걸으며

초판 1쇄 발행 | 2024년 11월 30일

지은이 | 이귀현

펴낸이 | 이명권

펴낸곳 | 열린서원

등록번호 | 제300-2015-130호(1999년)

주소 | 서울특별시 종로구 창덕궁길 117, 102호

전화 | 010-2128-1215

전자우편 | imkkorea@hanmail.net

ISBN | 979-11-89186-70-8(03810)

값 20,000원